KB052728

우리는 자라고 있다

윤해연 소설집
우리는
자라고
있다
낮은산

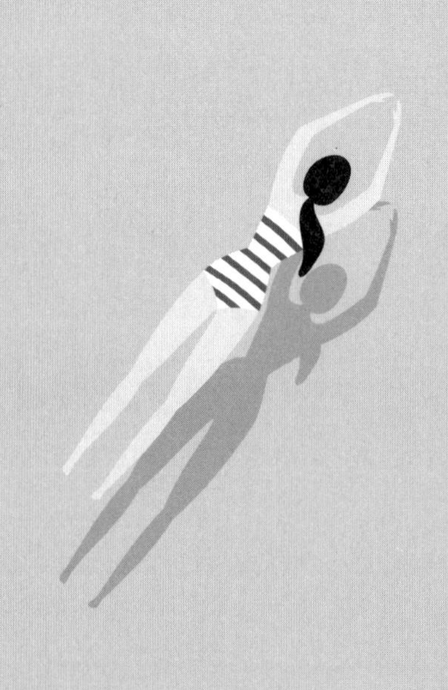

차례

지상으로부터 10센티 _7

허벅지 시스터 _33

쿵 _59

단단한 잠 _85

개와 늑대의 시간을 달리다 _113

안녕, 달 _139

작가의 말 _166

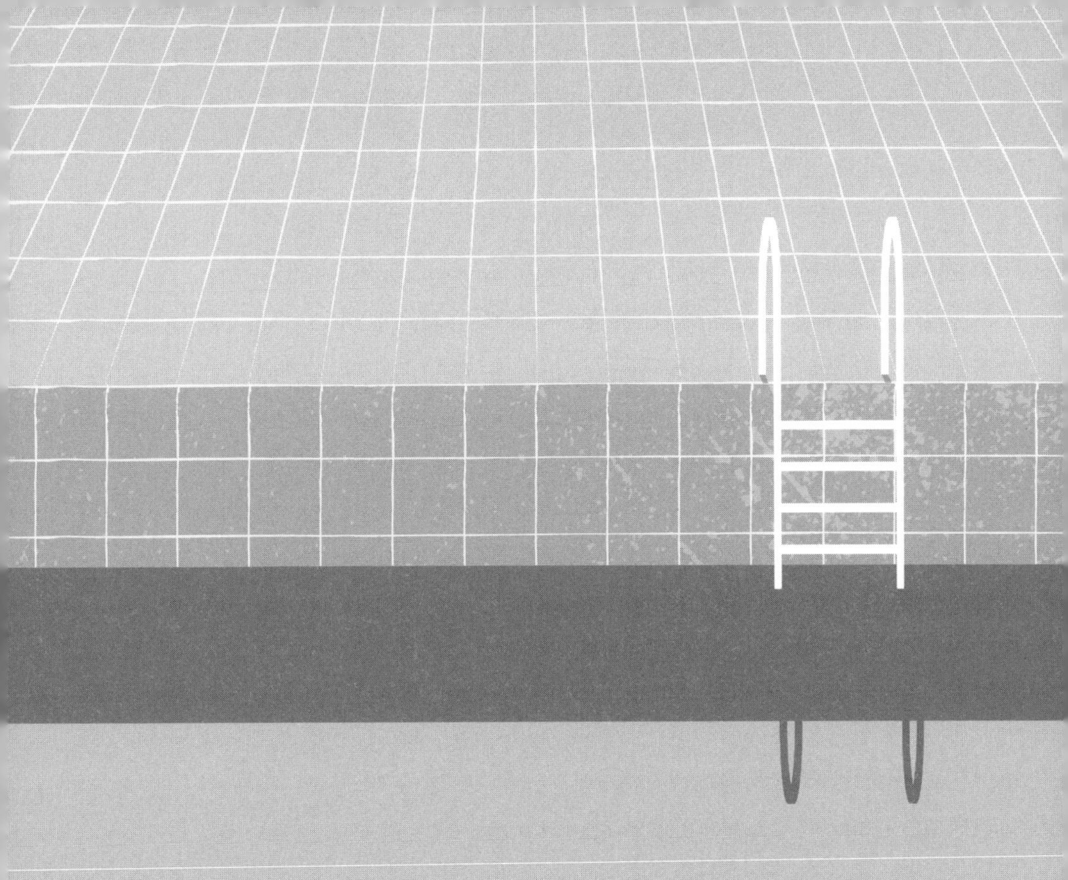

지상으로부터
10센티

그러니까, 세상에 나온 하이힐이라는 물건은 여자를 위한 선물이 아니었다. 참으로 오래전 신의 대리자라 자칭하던 루이 14세는 장미와 와인이 넘쳐 나는 베르사유 궁전에서 매일 아침 백여 명의 신하들이 골라 주는 화려한 옷을 보면서도 불행했을 터였다. 이유는 오로지 그가 신의 능력으로도 어쩌지 못하는 단신이었기 때문이다.

태양만큼 화려하게 빛나길 바랐던 루이 14세는 급기야 하이힐을 사랑하게 되었다. 루이 14세가 살던 시대에는 남자들이 하이힐을 신고 말똥과 소똥, 하수구에서 넘치는 구정물 사이를 표표히 걸었을 것이다. 루이 14세는 하이힐의 쓰임을 신는 것에서 보는 것으로, 보는 것에서 신의 영역으로 확장하며 흐뭇했을지도 모르겠다. 지상의 모든 인간이 땅을 딛고도 신에게 가까이 가길 바랐던 것처럼.

지금으로부터 6개월 전 큰집 제사가 있던 날, 나는 하이힐과 처음 만났다. 제사가 끝나고 어른들은 상에 둘러앉아 음식을 먹고 있었다. 나는 이 연례행사가 몹시도 따분했다. 또래 사촌이 있는 것도 아니고 큰집 누나라고 해 봐야 나보다 열 살이나 많았고 까칠하기가 한겨울 칼바람 같아서 나와는 눈도 안 맞추는 사이다. 누나는 대학을 졸업한 지 2년이 넘도록 취직을 못 해서 집안에서 왕따 아닌 왕따가 되었다. 인싸에서 왕따까지는 그야말로 종이 한 장 차이라는 걸 누나를 통해서 실감했다.

몇 년 전까지도 누나는 우리 집안의 자랑이자 내 열등감의 원인이었다. 전교 1등이 누구 집 개 이름도 아닌데, 누나의 전교 1등은 개 이름보다도 자주 등장했다. 법대는 따 놓은 거나 다름없다던 누나는 모두의 반대를 무릅쓰고 미대에 갔다. 그야말로 온 집안을 들었다 놨다 할 정도로 충격적인 뉴스였다. 물론 나는 왠지 모를 안도의 한숨을 쉬었지만 누나 일은 곧 잊고 말았다.

그리고 한 사람이 더 있었으니, 작은아버지네 한 살도 안 된 갓난쟁이다. 말이 안 통하기로는 누나나 갓난쟁이나 거기서 거기니

더는 언급하지 않겠다.

밤 10시까지 이어진 학원 수업이 끝나자마자 끌려온 터라 고단함과 불만이 극에 달해 있었다. 어른들은 돌아가신 할아버지를 추억하느라 여념이 없었고 나는 현관 앞 벽에 기대앉아 핸드폰으로 게임을 하고 있었다. 인자하신 큰어머니는 들어와 같이 먹자고 재촉했지만 나를 너무도 잘 아는 엄마가 한마디 했다.

"형님, 그냥 두세요. 집에 빨리 가고 싶어서 현관 앞에서 저러고 있는 거예요. 내버려 두면 알아서 오니까 무시하세요."

내 마음을 꿰뚫어 보는 초능력을 발휘한 엄마는 그날이 다 가도록 나를 가만히 두었다.

거실의 사람만 시끌벅적한 게 아니라 현관에 있는 신발도 야단법석이었다. 어지러이 널려 있는 신발도 거실 사람들을 고대로 닮아 있었다. 오래된 주름이 박혀 있는 큰아버지의 검은 구두 한 짝은 아빠의 갈색 구두 사이에 끼어 있었고, 다른 한 짝은 작은어머니 구두가 밟고 있었다. 작은어머니 구두는 낮은 굽에 테두리를 따라 진주알이 박혀 있는데 큰아버지 구두의 넓적한 앞코를 진주알이 누르고 있는 형국이었다. 작은아버지의 운동화 한 짝은 아예 벌러덩 뒤집혀 민망한 바닥을 훤히 드러냈다. 아직 땅바닥에 제대로 발 한번 디뎌 본 적 없는 갓난쟁이의 조그마한 신발이 그 옆에 나란히 놓여 있었다. 밤색 기능성 운동화는 누가 봐도 운동을 좋아하는 큰어머니 것이었고 슬리퍼 여러 켤레는 주인을 알 수도 없었다. 분명한 건 사람 수보다 더 많은 신발이 나와 있다는 거였다.

그리고 그것이 있었다. 널브러져 있는 신발들 너머 신발장과 현관문이 각을 이루는 모서리에 서 있는 빨간색 하이힐. 그렇다. 그것은 서 있는 것이 확실했다. 꿉꿉하고 시큼한 냄새 한가운데 마치 한 송이 장미가 피어 있는 모양이었다.

나는 그날 처음 하이힐을 만났고 어찌 된 일인지 다음 날 그것은 내 책상 맨 아래 칸에 자리하고 있었다.

"너 혹시 그거 아니냐?"

내가 사촌 누나의 하이힐을 훔쳐 왔다는 고백에 창우는 이렇게 물었다.

"그거가 뭔데?"

"솔직히 말해. 성은 선택하는 게 아니라잖아. 나한테 사귀자고만 안 한다면 이해할 수 있거든."

"미친 새끼!"

"아니면 하이힐을 보면 막 하고 싶어지는 거야? 너 그거 위험한 거다. 병원에 가야 한다고."

"아, 진짜! 내가 미쳤지. 너한테 뭘 얘기한 거냐."

"알았어, 알았어. 그래서 그걸로 뭘 할 건데?"

"하긴 뭘 해?"

"신을 건지, 입을 건지, 아니면 삶아 먹을 건지, 뭔가 원하는 게 있을 거 아니야."

내가 고개를 주억거리자 창우가 내 머리를 냅다 갈겼다.

"야! 그게 변태거든. 빤스도 안 입고 바바리 쳐들어야 변탠 줄 아냐?"

"나도 모른다니까. 내가 왜 그랬는지……."

"뭘 몰라. 네 콤플렉스를 거기다 푸는 거지. 잘 생각해라. 처음이 중요한 거다. 정상이냐, 비정상이냐는 한 끗 차이다."

창우는 원인을 빨리 찾길 바란다면서 걱정과 격려가 가득한 눈길을 주고는 사라졌다.

며칠 뒤 사촌 누나가 자기 구두가 없어졌다고 난리를 친 것 같았다. 큰어머니가 우리 엄마한테 전화해서 조심스럽게 물었다고 했다. 물론 나를 의심하는 게 아니라 작은어머니를 의심하는 것 같았다.

중2 때까지만 해도 나는 작은 키를 크게 염려하지 않았다. 옆반 친구 체육복을 빌려 입고 나갔다가 아버지 체육복을 입고 나왔냐고 애들이 비웃을 때도 같이 웃어 버렸다. 친구 동생이 나보다 머리 하나가 큰 것쯤이야 다시 안 보면 그만이었다. 겨드랑이 털도 아직 굵어지지 않았고 밑에 털도 몇 가닥 셀 수 있는 걸 보면 성장판은 아직 닫힌 게 아니라고 애써 안심하고 있었다. 무엇보다 엄마 아빠도 대한민국 평균 키를 밑돌진 않았다. 하지만 중3이 되어서도 나의 키는 자랄 생각이 없었다. 여전히 160센티를 밑도는 키로는 평균까지 가려면 얼마나 걸릴지 모를 일이었다.

하이힐을 훔친 게 작은 키에 대한 콤플렉스에서 나온 행동이라고는 생각하지 않았다. 그저 그것이 보였을 뿐이고 나도 모르게 가방에 쑤셔 넣었을 뿐이다.

딱 한 번 신어 봤다. 10센티 커진 나는 지상으로부터 10센티 높은 곳에서 숨을 쉬고 있었다. 공기의 청량함이 달랐다고 한다면 창우 말대로 또 한번 단순한 새끼가 되는 거겠지만 그런 공기를 늘 받아 처먹는 인간은 절대 이해할 수 없는 거였다. 루이 14세는 무려 14센티 하이힐을 신지 않았던가. 막강한 권력의 힘을 큰 키에서 느꼈을지도 모른다. 그러니까 내게도 딱, 10센티가 필요했다.

10센티가 모자라서 루저가 되는 건 참을 수가 없었다.

창우는 내가 하이힐을 훔쳐 왔다는 사실을 자기가 해석하고 싶은 방향으로 받아들였다. 변태 친구는 용납할 수 없지만 남자 사람 친구와 여자 사람 친구만 있는 세상에, 남자였다가 여자가 된 친구도 필요하다면서 자기 엄마 구두를 수줍게 내밀었다. 굽이 5센티 정도 되는 남색 구두였다. 얼마나 오래되었는지 구두 안 깔창에 박힌 상표가 거의 다 지워져 있었다.

"이거 아니거든."

"왜? 우리 엄마가 얼마나 애정하는 구둔데."

"10센티가 안 되잖아."

"10센티?"

"그래. 10센티."

나는 마치 엄격한 검사관처럼 10센티에 악센트를 주어 발음했다. 납작한 굽을 가리키는 것도 잊지 않았다.

"이것도 엄청 높은 거야. 우리 엄마가 이거 신을 때마다 굽이 높아서 힘들다고 했단 말이야."

"그러니까 누가 엄마 거 훔쳐 오래. 그러다 엄마한테 들키면 뭐라고 할 건데?"

"기껏 생각해서 훔쳐 왔는데 뭐래?"

"관심 꺼라. 안 그래도 힘들다."

"그럼 계속해서 구두를 훔치겠다는 거야? 변태 새끼처럼?"

"자꾸 변태, 변태 할 거야?"

누가 들을세라 고개가 절로 돌아갔다. 높아지려는 목소리를 애써 누르며 눈을 부라렸다. 하지만 창우 녀석은 사태 파악을 못 하고 한 옥타브 높은 목소리로 되물었다.

"변태도 아니고 여자가 되고 싶은 것도 아니면 그럼 뭔데?"

"……지상으로부터 10센티!"

"뭐?"

"지상으로부터 10센티만 더 올라가고 싶다고."

"뭐, 뭔 지상?"

"……."

차마 내 입으로 내 키를 얘기하고 싶지 않았다. 아무리 친한 친구라 해도 내 입으로 작은 키를 고백한다는 건 '키 때문에 이 세상에서는 이미 글러 먹었다'라고 백기를 드는 거나 마찬가지였다.

창우는 한동안 말을 못 하다가 내 어깨를 두드리며 말했다.

"네가 키 때문에 그렇게 스트레스를 받는 줄 몰랐다. 한번도 내색한 적 없잖아. 곧 클 거라고 큰소리칠 땐 언제고?"

"그럴 줄 알았지."

"시간 많은데 뭐……. 맞다! 농구부 진수 형 있잖아, 그 형도 고등학교 올라가서 엄청 컸다더라. 우유 열심히 먹고 나랑 주말마다 농구 하자. 피시방 말고 농구, 그거 좋네. 하이힐보다는 그게 더 현실적이지 않냐?"

"다 해 봤거든."

"다? 하긴 너 유난히 우유를 달고 살았지. 야! 아직 모르는 거 아니냐? 군대 가서도 키는 자란대. 소심한 새끼, 뭘 미리 걱정하고 그러냐?"

말이 끝나자마자 창우는 일부러 크게 웃었다. 과장된 웃음소리에 창우의 우정이 눈물겹도록 고맙게 느껴졌다. 물론 그렇다고 문제가 해결되는 건 아니지만.

따지고 보면 작은 키를 고민하기 시작한 건 결정적으로 창우 때문이었다. 초등학교, 중학교를 같이 다닌 창우는 어릴 때부터 동네 목욕탕을 같이 드나들던 친구다. 녀석과 나는 서로의 성장을 가장 가까이에서 지켜본 목격자인 셈이다.

녀석과 나는 엎치락뒤치락 키를 경쟁했고 앞서거니 뒤서거니 목소리가 변했다. 어느 날 드디어 거기에도 털이 났다고 목욕탕 한 귀퉁이에서 자랑하던 사이다. 물론 털의 승리는 내가 먼저였다. 내 아랫도리를 바라보며 부러워하던 녀석의 시선을 잊을 수가 없다. 중2 겨울방학이 끝나갈 무렵 창우는 훌쩍 자랐다. 방학 동안 자란 키가 10센티였다. 그리고 그 일이 있었다.

목욕탕에 같이 갔던 어느 날, 샤워기 물을 틀어 놓고 땡땡 불은 몸뚱이를 헹구고 있었다.

"야, 키도 크면 거기도 크대. 딱 보니까 맞네!"

창우가 내 아랫도리를 보며 웃었다. 얼굴 가득 비누 거품이었지만 웃고 있는 눈에서 '에게?' '고작?' 이런 단어가 연상되었다.

실로 기가 막힌 상황이었지만 이내 인정하지 않을 수 없었다. 이미 녀석은 어른이었다. 그에 비하면 나의 것은 여전히 여리고 수줍어 순간 확 더 쪼그라드는 것 같았다. 녀석과의 목욕탕 출입은 그날로 졸업했지만 참으로 씁쓸한 기억이다. 어느 순간 창우는 이미 어른이 된 것처럼 느껴졌다. 제법 목소리도 굵어졌고 키도 170이 넘었으며 어깨도 떡하니 벌어졌다.

그때부터 소화도 잘 안 되는 흰 우유를 물보다 자주 마셨고, 주말 아침은 무조건 놀이터 농구대에서 시작했다. 매일 밤 기둥에 다리를 묶어 놓고 목표 지점까지 손을 뻗는 동작을 반복했다. 다리보다 팔이 더 늘어나는 것은 아닌지 염려가 될 정도였다. 수영과 줄넘기는 시간이 날 때마다 했다. 나의 노력은 은밀했고 치열했다. 그렇게 반년 동안 노력했지만, 결과는 2센티도 자라지 않았다.

숫자를 자주 확인할수록 마음은 조급해져 갔다. 0.1센티에 그날 하루 컨디션이 달라졌다. 아침저녁으로 재다 보니 하루에도 열두 번 키가 달라진다는 걸 알 수 있었다. 질량 불변의 법칙이 내 키에 적용된 게 틀림없었다. 고만고만한 숫자들이 치고 올라가는 일은 결코 일어나지 않았다. 그러니까 내 키는 태어나기도 전에 알의 형태로 엄마 배 속에 있을 때부터 이렇게 정해진 것이었다.

처음은 오히려 쉬웠다. 일을 저지른 후에야 무슨 짓을 한 건지 알 수 있을 정도였으니까. 작정하고 뛰어든 일이 아니니 망설임이나 후회도 나중 일이었다. 하지만 두 번째 하이힐을 만나는 일은 달랐다. 우선 설계를 해야 했고 각본도 필요했다. 하루는 밑도 끝도 없이 용기가 샘솟았고, 하루는 잠을 못 이룰 만큼 걱정이 찾아왔다. 보기만 하던 빨간 하이힐을 두 번째 신어 본 날 거울 속의 나를 보며 말했다.

"결심했어!"

하이힐을 사기 위해서 사전 조사에 들어갔다. 인터넷에서 하이힐을 검색했다. 베이비 힐, 미들 힐, 펌프스, 웨지 힐……, 굽의 높이와 모양에 따라서 불리는 이름도 다 달랐다. 보기만 하고 고르려니 답이 없는 시험지를 보고 있는 것 같았다. 클릭만 계속할 뿐 쉽게 결정을 할 수가 없었다. 시간은 자꾸만 가고 있었다. 차라리 확실하게 이 일을 매듭짓고 싶었다. 망신이든 확신이든 몸으로 부딪쳐 보기로 했다. 집에서 가까운 쇼핑몰 대신 전철을 두 번이나 갈아타야 하는 백화점에 가 보기로 했다. 초등학교 때 엄마랑 몇 번 와 본 곳이었다. 구두 매장은 2층에 있었다.

"누구, 누나 거?"

머리카락 한 올도 빠뜨리지 않겠다는 집념이 보이는 올림머리 직원이었다.

"여자 친군데요."

"그럼 저쪽에서 봐야지. 여긴 굽이 다 높거든."

올림머리는 낮은 굽들을 모아 놓은 매장 안쪽을 가리켰다.

"저 아세요?"

올림머리를 무시한 채 물었다.

"으, 응?"

올림머리는 눈을 크게 뜨며 되물었다. 내 질문이 이해가 가지 않는다는 표정이었다.

"저 아시냐고요? 왜 자꾸 반말하세요?"

"아, 아……, 미안, 미안합니다."

올림머리가 당황하며 얼굴을 붉혔다. 그새 두 손도 가지런히 마주 잡았다. 괜한 시비를 걸었나 싶어 조금 미안해졌다. 한두 번 당하는 것도 아닌데 너무 긴장한 나머지 나도 모르게 전투태세다.

"이거 얼마예요?"

이틀 전에 인터넷에서 보고 점찍어 둔 하이힐을 슬쩍 가리키며 물었다. 구두는 앞코부터 날카로운 굽까지 모두 검은색에 바닥만 빨간색이었다. 구두의 뒤태는 그야말로 예술이었다. 가는 힐 사이로 빨간 바닥이 보이는데 그 때문에 10센티 굽이 더 날렵해 보였다.

"잠시만요……."

올림머리는 계산기를 두드렸다. 표정이 잘 감춰지지 않는 얼굴이었다. 나를 위아래로 훑어보더니 고개를 갸웃거렸고, 알 수 없는 미소를 머금기도 했다.

"25프로 디시해서 12만 9천 원이에요. 그런데 여자 친구한테는 조금 높지 않을까요? 적은 금액도 아니고 저쪽은 가격대가 조금 낮아요. 학생들이 좋아하는 로퍼도 있고. 한번 보고 결정하시죠, 손님."

올림머리가 깍듯한 존대로 물었다.

"아니요, 그냥 이걸로 주세요."

망설임 없이 돈을 꺼냈다. 일부러 만 원짜리 지폐 열다섯 장을 5만 원짜리 세 장으로 바꿔 왔다. 돈을 내면서 그러길 잘했다는 생각에 뿌듯했다.

"아…… 그럼 사이즈가 어떻게 됩니까, 손님?"

드디어 올 것이 왔다. 마지막 관문이었다. 콧구멍으로 숨을 몰아서 들이마셨다. 용기를 배꼽 밑까지 끌어모아 대답했다. 속으로 제발 얼굴만 빨개지지 말라고 주문을 외듯 중얼거렸다.

"……이백 …육십이요."

올림머리는 사이즈를 듣자마자 눈이 커졌다가 다시 작아졌다. 키 작은 남자가 발이 큰 여자와 사귈 수도 있다. 발은 크지만 키는 작을 수도 있는 거 아닌가. 아니, 발도 크고 키도 큰 여자를 키 작은 남자가 사귈 수도 있는 거 아닌가. 올림머리는 뭔가를 의심하는 것 같았다.

올림머리는 이렇게 생각하고 있는지도 모른다.

'쪼끄맣고 싸가지 없는 어린놈이 이 신성한 하이힐을 가지고 무엇을 하려고 사 가는 걸까? 수십 년 동안 이 일을 해 온 내 눈에 보이는 저 녀석 발 크기는 딱, 이백육십! 이걸 팔아야 해, 말아야 해?'

올림머리는 계속 내 발을 노려봤다. 그 순간 내 발이 투명해져 보이지 않길 바랐다.

"다행히 사이즈가 있네요, 손님. 잠시만 기다려 주세요."

올림머리가 옆 매장 직원에게 무엇인가를 부탁하고는 사라졌다. 옆 매장 직원이 힐끔 나를 봤다. 나는 대형 거울 앞에 있는 의자에 앉아 물끄러미 거울 속의 나를 바라보았다. 참으로 작고 어린 남자아이가 앉아 있었다. 너무 작아서 그대로 폭 사라진다 해도 이상하지 않을 정도였다.

어쨌든 그날 처음으로 내 발에 딱 맞는 하이힐을 가졌다. 빨간 하이힐은 작아서 신을 때마다 몸이 앞으로 기울어졌다. 완벽하게 잘 맞는 하이힐을 신고 거울 앞에 섰다. 다리는 길어졌고 허리가 꼿꼿이 펴지며 어깨가 저절로 벌어졌다. 천천히 방을 한 바퀴 돌았다. 영화에서 하이힐을 처음 신은 남자들처럼 휘청거리거나 뒤뚱거리지 않았다.

다리를 벌리고 허리에 양손을 얹고 삐딱하게 몸을 기울여 거울을 바라봤다. 어딘지 모르게 불량해 보였다. 그 건방짐이 마음에 들었다. 바른 자세로 거울을 정면으로 바라봤다. 10센티의 위력은 대단한 것이었다. 우월한 다리 길이에 마음이 흡족했다. 루이 14세도 이런 심정으로 거울을 봤으리라.

사촌 누나한테 연락이 온 건 중학교 마지막 겨울방학식이 끝나고 모처럼 창우와 피시방에서 게임을 하고 있을 때였다.

그사이 나는 세 켤레의 하이힐을 모았다. 지난달 엄마 심부름으로 큰집에 갔을 때 가져온 초록색 구두가 세 번째 하이힐이었다. 초록색 하이힐이라니 보지도 듣지도 못한 물건이었다. 마치 '날 가져가세요'라고 앙큼하게 현관에 놓여 있는 것 같았다. 가져오고 나서야 걱정을 했지만 다행히 잠잠했다.

사촌 누나가 내 핸드폰으로 연락해 온 건 처음이었다. 잠잠했던 이유가 그제야 이해가 되었다. 누나는 집 근처에 와 있었다. 누나를 피했다가는 집에서 마주할 터였다. 피시방 아래 편의점 위치를 말해 줬다. 따라 나오겠다는 창우 녀석을 윽박지르다시피 자리에 붙들어 매 놓고 오느라 조금 늦게 피시방을 나왔다.

날씨가 그렇게 춥지 않아서인지 누나는 편의점 앞에 있는 파라솔 의자에 앉아 있었다. 환한 대낮에 캔 맥주를 마시고 있었다.

"앉아."

나는 양손을 무릎에 올려놓고 얌전히 앉았다.

"마실래?"

맥주를 한 모금 마시고 나서 작게 트림을 한 뒤 내게 물었다. 고개를 흔들어 사양했다.

"하긴 너무 환하구나. 게다가 교복도 입었고. 내가 왜 왔는지 알고 있지?"

아무 말도 할 수 없었다. 조금 전처럼 고개를 흔들 수도 없었다.

"이유나 들어 보자."

"……."

"너, 설마 신으려고 가져가진 않았을 거 아니야?"

"……."

"하긴 나도 그런가……."

혼잣말처럼 중얼거리고는 피식 웃었다. 그 말에 눈을 흡뜨고 누나를 쳐다봤다. 그 순간 눈이 마주쳤다. 얼른 시선을 피했지만 누나가 다시 웃었다.

"훗! 맞네. 신지는 않지만 가져간 건 맞네. 너도 나처럼 하이힐이 좋은 거야?"

어느 순간 난 진심으로 하이힐이 좋아졌다. 창우가 이런 나를 보며 얼마나 애가 탔는지 급기야 10센티 깔창을 구해 왔다. 10센티의 물리적 높이를 원했다면 그 깔창으로 만족했어야 했다. 그런데 깔창에서는 지상으로부터의 10센티가 느껴지지 않았다. 하이힐을 신었을 때 느껴지는 우월감, 자부심 같은 거 말이다. 하이힐의 10센티는 나의 일부가 된 것처럼 느껴졌다. 깔창으로는 도무지 흉내 낼 수 없었다.

"상관없구나. 어차피 신지 못하는 건 너나 나나 마찬가지니까."

"……왜요?"

한참을 주저하다 내가 물었다.

"나를 봐."

고개를 들어 누나를 바라봤다. 누나를 보라니까 보긴 했지만 뭘 보라는 건지 이해가 되지 않았다. 옅은 미소를 입에 물고 그 입으로 다시 맥주를 마셨다. 목이 출렁거릴 정도로 이번에는 많은 양을 들이켰다.

"네가 가져간 초록색 하이힐을 신고 스물일곱 번째 면접을 봤어. 똑 떨어졌어. 이번에도 최종 면접에서 떨어진 거지. 내가 만든 포트폴리오는 보지도 않더라고. 진짜 멋진 하이힐이 거기 있는데도 말이야. 내가 신은 하이힐만 보더라."

"……."

"그게 나랑 정말 어울리지 않는 걸까?"

내게 묻는 건지, 다른 누군가에게 묻는 건지 헷갈렸다.

"하이힐은 예쁘고 날씬한 여자만 신는 거라고 어디 사전에 나와 있는 것도 아니잖아? 아니 있나 보다. 자기들만의 규칙이 있지. 거기에 못 미치면 답이 아니라고 매정하게 점수를 매기지. 진짜 웃기는 세상이야."

누나는 다 마신 맥주 캔을 한 손으로 찌그러뜨렸다.

"……맞는 답을 쓰면 되잖아요?"

"그래서 계속 하이힐을 신고 면접을 보는 거라고. 그게 내가 생각하는 정답이니까."

"그런데요?"

"그런데? 그게……, 아닌가 봐."

"왜요?"

"그러니까, 나도 그게 궁금해."

누나는 벌떡 일어서더니 편의점 안으로 들어갔다. 맥주를 더 사려고 들어가는 것 같았다. 나도 살짝 목이 말랐지만 누나 뒷모습만 멀뚱히 바라봤다.

누나는 몸집이 꽤 있었다. 어깨도 넓었고 키도 컸다. 게다가 머리까지 짧아서 뒷모습이 흡사 남자 같았다. 눈 코 입이 오목조목 모여 있는 얼굴이 오히려 반전이었다. 언젠가 아빠가 엄마한테 한 말이 생각났다.

"승희는 덩치가 커도 너무 커. 무슨 여자애 덩치가 웬만한 사내 같다니까. 우리 집은 덩치 큰 사람이 없고 형수님 쪽인가? 하여튼 공부라도 잘하니까 다행이네."

볼 때마다 공부 잘하는 누나를 자랑하는 큰어머니 흉을 보다가 나온 소리였다. 그런 누나가 고2가 끝나갈 무렵 미술을 하겠다고 선언했으니 뒷이야기는 막장 드라마처럼 빤한 거였다. 결국 누나는 미대에 들어갔고 나는 그런 누나가 꽤 주체적인 인간이라고 생각했다. 딱히 하고 싶은 게 없어서 반항도 못 하고 밤 10시까지 학원가를 뺑뺑 도는 나에 비하면 누나는 큰 덩치만큼 위대해 보였다. 그 용기가 부러웠다.

돌아오는 누나는 한 손에는 콜라를, 다른 손에는 맥주 캔을 들고 있었다. 마주 앉은 누나가 콜라를 내밀었다. 우리는 거의 동시에 콜라와 맥주 캔을 땄다.

딸깡!

소리만으로도 더 춥게 느껴졌다.

"어쨌든 계속할 거야. 날씬하고 예쁘지 않아도 얼마든지 신을 수 있다는 걸 보여 줄 거야."

누나는 대단한 각오처럼 말했지만 이상하게 슬프게 들렸다.

며칠 전 하이힐을 신고 서 있는 내 모습을 보고 창우는 묘한 표정을 지었다.

"10센티 크다고 뭐가 달라지는데?"

"이제 10센티 따위는 중요하지 않아. 하이힐을 신을 수 있다는 사실만 중요하지. 누구든 이걸 선택할 권리가 있다고."

그날 나도 지금 누나처럼 말했다.

"권리? 무슨 권리? 인권, 뭐 이런 거 말하는 거야?"

"여자만의 무엇이나 남자만의 무엇이 아닌 다양하게 선택할 수 있는 권리 말이야."

"뭔 말인지 모르겠거든? 왜 네가 하이힐을 좋아하는지 단지 그게 궁금한 것뿐인데 거기서 왜 권리가 나오냐고?"

"좋아! 쉽게 말해 주지. 세상에는 치마 입는 남자도 있어. 그렇지?"

창우가 고개를 끄덕였다.

"치마를 거부하는 여자도 있고."

"그렇지!"

"하이힐을 신는다고 다 여자는 아니야."

"그런가? 맞는 것 같기는 하다. 너도 여자는 아니니까."

"그렇지! 지상으로부터 10센티 떨어져서 생각해 보면 이상할 게 없단 말이지."

"음……. 근데 하필 왜 10센티야?"

창우가 입을 삐죽거리며 물었다. 내가 말한 걸 완전하게 이해한 것 같지는 않았다.

"야, 이 닭대가리야! 그게 뭐가 중요하냐? 지금 내가 말한 거 이해는 했어?"

"알아, 안다고. 알면 됐지 꼭 이해를 해야 하나?"

“나만의 높이라고 해 두자. 5센티든 1미터든 상관없거든.”

지상으로부터 10센티는 나 자신을 똑바로 볼 수 있게 했다. 세상을 다른 눈으로 보게 했다면 거창하겠지만 하이힐과 치마를 여자의 전유물로 만들거나, 반대로 여자에게 강요하는 세상의 잣대가 얼마나 시시한지 정도는 알아 버렸다.

“……어울려요. 누나한테 하이힐이 어울린다고요.”

누나가 아닌 나 자신을 향해 중얼거리듯 말했다.

“그래?”

“진짜예요. 구두를 디자인하는 것도 어울리고 신는 것도 어울려요.”

“훗! 그런 말 처음 듣네…….”

10센티 하이힐을 신은 누나를 상상하는 건 그리 어렵지 않았다. 하이힐을 신고 거울 앞에 선 내 모습이 바로 그 모습이었다. 10센티 커진 나는 그래서 행복하냐고 묻는다면 대답하지 못할 것이다. 어쩌면 나는 그저 하이힐이 좋은 건지도 모르겠다. 여자가 좋아하는 하이힐이 아닌, 남자가 좋아하는 하이힐이 아닌, 그 어떤 성에도 무관한 내가 좋아하는 하이힐이 나만의 정답이듯, 세상에는 보이지 않는 것도 답이 될 수 있다고 한번쯤은 말하고 싶었다.

“나……, 꽤 어울려. 덩치가 크다고 하이힐이 어울리지 않는다는 건 선입견이야. 딱 10센티가 나한테는 완벽한 높이라고.”

누나가 웃었다. 아까와는 다른 웃음이었다. 누나가 막 두 번째 맥주 캔을 찌그러뜨렸다.

그 소리에 겨울이 바짝 다가왔다.

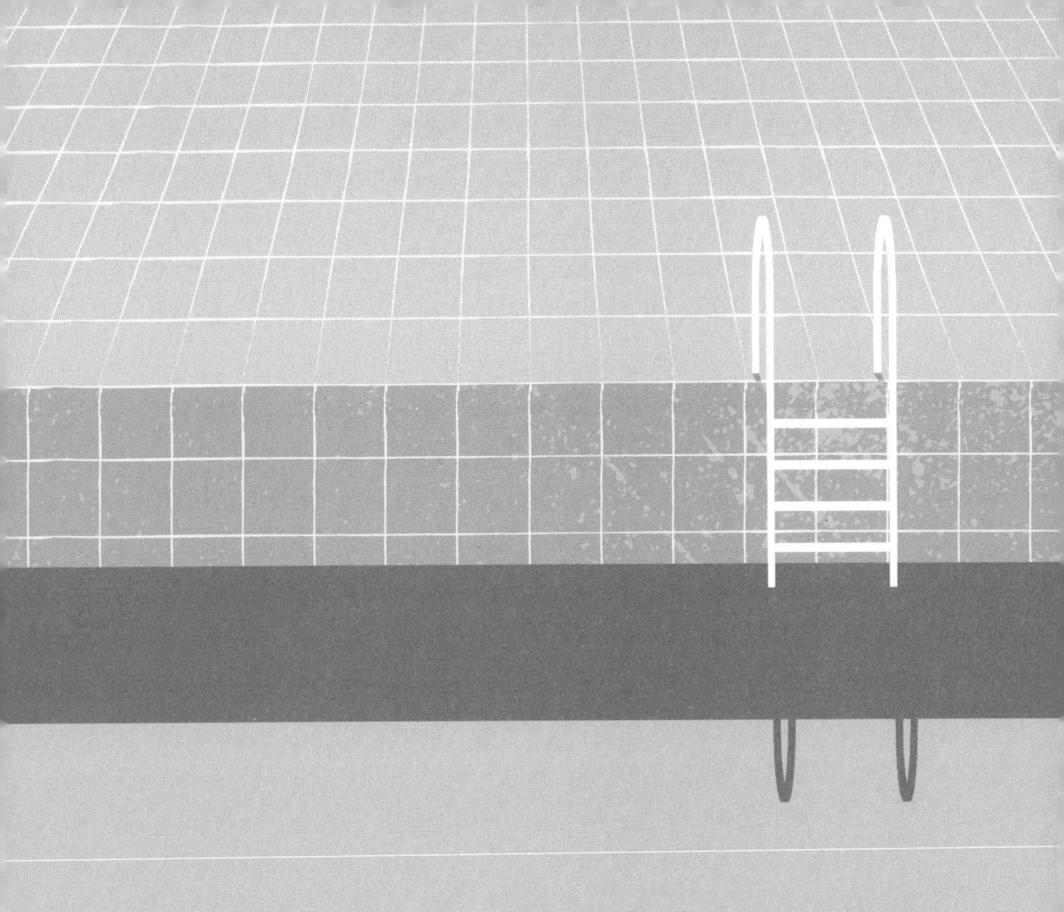

허벅지
시스터

—

조용한 자습 시간이었다. 의자를 끄는 소리에 이어 외마디 비명이 들렸다. 소리의 주인공은 란이였다. 드디어 란이의 교복 치마가 터졌다. 꽉 끼다 못해 터질 것같이 아슬아슬했던 치마 옆구리가 터진 것이다.

허벅지 시스터 서열 2위인 란이로 말할 것 같으면 허벅지 둘레가 58.8센티다. 서열 1위 금지의 허벅지 둘레보다 약 1센티가 모자란다. 김금지는 쇠금이 두 개나 들어간 이름 때문에 천하장사의 굵고 튼실한 허벅지를 갖게 되었다면서 자기 이름 자체를 슬퍼하는 아이다.

금지는 란이를 위로해 주었다.

"그러게, 누가 손바닥만 한 치마를 만들어서 우리 란이를 슬프게 한다니."

"이제 어떻게 하지?"

세상을 다 잃은 표정으로 란이가 물었다.

"나처럼 안 입으면 간단해. 호빵맨을 자주 봐야 하는 건 꽤 곤란하지만."

"난 그럴 수 없어."

란이는 교장 선생님 얼굴을 매일 볼 수 없다는 건지, 치마를 안 입을 수 없다는 건지, 아니면 둘 다 할 수 없다는 건지 애매하게 대답했다.

금지는 열흘째 매일 아침 교실보다 교장실에 먼저 들른다. 볼이 호빵맨처럼 둥근 교장 선생님 얼굴이 보고 싶어서 가는 건 아니다. 호빵맨과의 아침 상담은 금지가 교복 치마를 거부하면서부터 이어지고 있었다.

중3이 되자 우리는 급격하게 살이 찌기 시작했다. 입시에 대한 불안감과 모태 솔로의 욕구불만, 오르지 않는 성적에 따른 좌절감은 고스란히 살로 갔다. 제아무리 운동을 하고(등교하는 것 자체가 등산인 전망만 좋은 학교라서), 잠을 최대한 줄여도(대한민국 중3의 평균 수면 시간은 5.4시간) 하루가 다르게 늘어나는 살을 막을 수는 없었다.

물론 나를 제외한 허벅지 시스터의 몸무게는 그 조짐이 남달랐다면 남다르긴 했다. 살은 중3이 되면서 자동 생성되는 것처럼 불어나기 시작했는데 유독 허벅지 발육이 돋보였다. 란이는 산꼭대기를 깎아서 만든 이놈의 학교 때문이라고 말했고, 금지는 대대손손 허벅지 근육이 발달하는 유전자를 타고나서 그런 거라고 했다.

어느 순간 금지는 교복 치마보다 체육복을 입고 등교하는 날이 많아졌다. 치마를 거부한 대가는 만만치 않았다. 벌점은 하루가 다르게 누적되었고, 이틀에 한 번씩 교무실로 불려 갔으며, 진청색 교복만 가득한 교실에 연초록 체육복은 눈에 쉽게 띄어서 문제 풀이와 심부름, 각종 뽑기에 자주 걸려들었다. 하지만 금지의 결단은 결코 흔들리지 않았다. 좀 더 빠르게 행동에 옮기지 못한 게 아쉽다고 할 정도였다.

여기서 잠깐, 허벅지 시스터 서열 3위인 양훈이에 대해서 말하고자 한다.

나, 양훈이는 친구들 사이에서는 후니로 불리고 있다. '란'이 같은 예쁜 이름은 아니지만 굳이 여성성을 강조한 이름을 부러워한

적은 없다. 금지처럼 이름 자체를 슬퍼한 적도 없다. 다만 내가 왜 허벅지 시스터로 엮여 있는지는 의심한 적이 있다.

"내가 왜 허벅지 시스터야?"

"음, 그건 말이지, 우리는 다 강인한 허벅지가 있기 때문이야."

내 물음에 금지는 단호하게 대답했다.

"강인한 허벅지? 거대한 허벅지 아니고?"

"솔직히 후니 넌 거대한 허벅지는 아니잖아. 완전 가늘어."

란이가 대답했다. 부러운 시선으로 내 허벅지를 바라보는 것도 잊지 않았다.

"강인한 거랑 거대한 거랑 뭐가 달라? 달리기하는 너의 허벅지는 강인하고 그 내면은 우리 허벅지보다 훨씬 더 거대할지도 몰라. 넌 너의 허벅지를 과소평가하면 안 돼."

강한 허벅지는 달리기하는 내게 가장 필요한 무기라면서 금지는 나의 어리석은 질문에 종지부를 찍었다. 그리하여 단단해진 것은 허벅지 시스터의 끈끈한 유대감이었다.

어느 순간 난 금지와 단짝이 되어 있었다. 물론 어떻게 단짝이 되었는지는 생각나지 않는다. 아마도 금지와 내가 여러 부분에서 잘 통했고, 통했다는 건 같은 부류, 즉 시스터가 될 수도 있다는 거였다.

하지만 란이는 금지와는 달랐다. 굵은 허벅지에 대한 란이의 열등감은 생각보다 깊었다. 유독 치마 입는 걸 좋아하는 란이는 굵은 허벅지가 가장 큰 장애라고 생각한 모양이었다. 그래서 다이어트를 입에 달고 살았다. 그런데도 란이 허벅지는 나날이 두꺼워졌고 란이 치마는 나날이 작아졌다.

"난 치마를 포기할 수 없어."

당장 누군가 치마를 빼앗기라도 하는 것처럼 란이는 치마를 꼭 부여잡고 있었다.

"왜? 어째서? 불편하지 않아? 꽉 끼어서 소화도 잘 안 된다면서?"

"난 치마가 좋아. 바지 입을 때와는 달리 치마를 입으면 진짜 여자가 되는 것 같아."

"넌 지금도 여자야. 치마를 포기한다고 너의 여성성이 사라지는 건 아니거든."

"하지만……, 이건 여성성에 대한 이야기가 아니야. 단지 취향의 문제지."

란이는 작은 소리로 말했지만 치마에 대해서라면 결코 물러서지 않았다.

"그만들 해. 우선은 이 찢어진 치마부터 어떻게 해결하자."

나는 서둘러 대화에 끼어들었다.

"뭘 해결해. 찢어졌으니까 버리면 그만이지."

금지가 찢어진 치마 옆구리를 내려다봤다.

"……이건 내 치마야!"

란이가 금지를 노려보았다.

그 순간 교실이 조용해지면서 모든 아이가 우리를 쳐다봤다. 란이는 고개를 푹 숙인 채였다. 시간이 조금 흘렀을까, 정적은 이내 두런거리는 소리로 채워졌다. 란이가 천천히 찢어진 치마를 벗었다. 마치 슬로비디오를 보는 것처럼 둔한 움직임이었다. 아이들의 환호성이 이곳저곳에서 터져 나왔다. 뽀얗고 토실토실한 란이 허벅지가 분홍색 팬티와 함께 등장했기 때문이었다.

사실 란이의 속살을 처음 보는 건 아니었다. 체육 시간이면 모두가 탈의를 해 댔고 고만고만한 서로의 몸에 대해서 그다지 큰 관심을 두지 않았다. 하지만 지금은 모두가 옷을 입고 있는 상태였고 더구나 신성한 자습 시간이었고, 여러모로 치마를 벗어야 하는 타이밍은 아니었다. 그렇기에 지금 란이 행동은 왠지 모르게 비장감

마저 감돌았다.

나는 재빨리 란이의 사물함으로 달려가 체육복 바지를 꺼내 왔다. 란이는 아무 소리 없이 내가 건넨 바지에 두 다리를 넣었다. 환호성이 작은 웃음소리로 바뀌었다.

그때였다. 고개를 숙이고 바지를 갈아입는 란이 어깨가 떨리기 시작했다.

란이는 울고 있었다.

다음 날 란이는 학교에 오지 않았다. 설마 치마 때문에? 그렇게 생각하고 싶지는 않았지만 다른 이유는 떠오르지 않았다. 금지는 호빵맨과 있을 시간이었고 나는 따분하게 아침 자습 시간을 견디고 있었다. 금지가 교실로 들어와서 학교에 오지 않은 란이에 대해 뭐라고 말할지 궁금하기도 했다. 이러다가 허벅지 시스터의 단단한 우정에 금이 가는 건 아닌지 그런 쓸데없는 걱정까지 생겼다.

금지의 누적된 벌점은 사실 그렇게 큰 문제는 아니었다. 담임은 치마를 불편해하는 금지의 입장을 비교적 이해하는 편이었다. 문제가 생긴 건 목련 문화제 때였다. 학부모를 초대하는 제법 큰 행사였다. 담임은 일주일 전부터 금지에게 그날만큼은 교복을 제대로 차려입고 오라고 말했다. 금지는 담임의 부탁 따위는 안중에도 없었다. 부탁이 아닌 강압이었다 해도 금지에게는 통하지 않았을 거다.

문화제 당일, 넓은 강당에 진청색 교복이 열과 행을 맞추고 서 있었다. 단 한 명, 금지만 빼고. 그날도 금지는 연초록 체육복을 입고 있었다. 다름은 어른들을 불쾌하게 만들었다. 그중 호빵맨 기분이 가장 언짢은 것 같았다. 담임은 당황했고, 금지는 미소를 머금었다. 어른들이 당황하면 할수록, 어른들이 화를 낼수록, 어른들이 만들어 놓은 정답을 보기 좋게 틀릴수록 금지의 쾌감은 상승했다.

하지만 그걸 저항이라 말하는 금지의 논리를 온전히 인정할 수는 없었다. 다른 아이들도 마찬가지인 것 같았다. 물론 경외하는 시선으로 금지를 바라보던 아이들도 있었지만 그들의 시선은 본인에게 조금만 불리한 상황으로 이어지면 거침없이 돌변했다. 경외심은 새털처럼 가벼웠고 새털을 흔드는 소심한 바람은 흔한 것이었다.

금지는 자주 아이들 입에 오르내렸고 그로 인한 작은 소란에 아이들은 금세 피곤함을 느꼈다. 학업에 찌든 아이들은 무엇인가를 깊고 길게 생각하는 걸 귀찮아했다. 금지는 아이들의 변화를 재빨리 읽었고 아이들의 지지 없이 치마를 거부하는 게 어렵다고 생각했다. 금지가 란이의 치마에 간섭하기 시작한 것도 그 무렵이었다. 란이가 교복 치마를 자신의 허벅지에 딱 맞게 줄여 입는 것에 대해 잔소리를 늘어놓기 시작했다.

"왜 그러고 사는데?"

"왜 자꾸 그래?"

그럴 때마다 란이는 피하거나 소심한 대꾸로 일관했다.

"불편하잖아."

"하나도 안 불편해."

"보는 내가 불편하다고."

"난 편하단 말이야."

란이도 만만치 않았다. 금지가 강한 어조로 말하면 란이는 작은 목소리로 한마디도 밀리지 않았다. 하지만 강한 것은 언제나 무리가 있기 마련이었다. 그러니까 언제나 상처받는 건 란이였다. 나는 종종 란이를 위로했다. 금지와 란이의 아슬아슬한 사이를 중재하는 것도 내 몫이었다.

치마만 아니라면 허벅지 시스터가 부딪힐 일은 없었다. 예전에는 허벅지 사이즈 가지고 금지와 란이가 장난을 치기도 했다. 그런 허벅지가 치마에 영향을 주고 복장 단속이라는 거대한 문제로 번질 것이라고는 아무도 예상하지 못했다.

금지가 담임과 함께 교실로 들어왔다. 자기 자리를 찾아 앉는 금지 얼굴이 다른 날과 달리 빨갛게 상기되어 있었다. 담임 표정도 그리 좋지 않았다. 여느 때처럼 복장에 대한 지루한 이야기로 조회를 시작했다. 복장 단속은 조회 시간이면 늘 나오는 멘트였지만 오늘의 잔소리는 유독 강한 어조였다. 벌점을 높이겠다고 으름장을 놓았고 어떤 경우도 예외가 없다고 강조했다. 마지막으로 벌점이 많아지면 부모님 상담까지 이어진다고 했다. 엄마가 없는 금지에게는 가장 큰 위기였다. 어떤 경우에도 금지는 아빠를 학교에 오게 하지 않을 거였다. 그건 혼자서 금지를 키우는 아빠에 대한 최소한의 배려였으니까.

담임이 나가자 금지가 다가왔다.

"란이 안 온 거지?"

"응. 문자 날렸는데 확인도 안 해."

"그놈의 치마 때문에……."

금지는 코끝을 찡긋거렸다. 무엇인가 못마땅할 때 나오는 습관이다.

“입고 올 치마가 없나 보지!”

금지 말이 끝나기도 전에 누군가 끼어들었다. 그 말에 다른 아이들이 와르르 웃어 댔다.

“닥쳐라! 너희들은 이게 재밌냐?”

금지가 잔뜩 화가 난 표정으로 아이들을 둘러보았다.

“왜 네가 화를 내? 란이를 화나게 한 건 너잖아.”

이번에는 반장이 대꾸했다.

“뭐라고?”

“란이를 울린 건 너라고. 치마가 좋다는 란이를 미개인 취급했잖아.”

“내가? 내가 그랬다고?”

“네 몸에 치마가 불편한 거잖아? 그래서 안 입는 거 아니야? 무슨 대단한 전사라도 된 것처럼 나대는데, 차라리 다이어트를 하는 란이가 솔직한 거 아니니?”

반장의 직설적인 물음에 몇몇이 동의하는 눈치였다.

“정말 그렇게 생각하는 거야?”

금지가 우리를 돌아봤다.

“후니 네가 말해 봐. 금지 때문에 복장 검사만 강화되고 교실 분위기도 말이 아니잖아. 안 그래?”

반장이 내게 묻자 아이들 시선이 나를 향했다. 금지 역시 날 뚫어지게 쳐다봤다.

나의 한마디로 이 난감한 상황에서 금지를 구할 수도 있었지만 유감스럽게도 나는 아무 생각도 나지 않았다.

“왜, 왜들 이래? 나한테 이러지 마…….”

“뭐야? 왜 아무 말도 못 해? 설마 너도 다른 아이들이랑 같은 생각이야?”

금지가 내게 물었다.

교실 안은 쥐 죽은 듯이 조용했고 창밖으로 바람조차 불지 않았다. 유난히 조용한 하루가 될 것 같았다.

마침내, 무엇이라도 지껄여야 한다는 압박감이 목구멍까지 차올랐을 때 예비 수업 종이 울렸다. 내게는 구원의 종소리 같았다.

아이들이 의자에서 일어나 제각각 흩어졌다. 사물함을 여는 소리, 책상 위치를 바꾸는 소리, 의자를 끄는 소리, 책을 꺼내는 소리……. 소리가 오늘은 반갑게 들렸다.

수업 내내 금지의 시선을 느꼈다. 애써 외면했지만 서늘한 느낌까지 지울 수는 없었다.

나는 왜 금지의 물음에 아무런 대답도 하지 못했을까? 궁지에 몰린 금지를 왜 구해 주지 못했을까? 나도 반장처럼 금지의 선택을 온전히 응원할 수 없었던 것일까? 수업 시간 내내 나 자신에게 물었다. 허벅지 시스터라는 단단한 의리 속에서 한번도 금지의 선택을 의심하지 않았다. 그게 우정이라고 생각했는지도 모르겠다.

약속한 것은 아니었지만 금지와 난 서둘러 점심을 먹고 운동장 구석에 있는 은행나무로 향했다.

"너도 그렇게 생각하는 거야?"

의자에 먼저 앉은 금지가 물었다. 난 우두커니 서서 금지를 내려다봤다.

"뭐가?"

"내가 란이한테 너무한 거야? 그래서 란이가 학교에 안 온 거고? 어쩐지 내 전화도 안 받았어."

"내 문자도 씹혔어. 그건 아닐 거야."

애써 아니라고 말했지만 나 자신도 믿을 수 없는 대답이었다.

"아까 반장이 말할 때 아무 말도 못 했잖아."

금지가 집요하게 따지고 들었다.

"……한번 정도는 란이 입장에서 생각해 보면 어떨까?"

주저했지만 오래전부터 하고 싶은 말이었다.

"란이 입장? 그게 뭔데?"

"허벅지 시스터가 허벅지만 굵다고 허벅지 시스터가 아니라면서?"

"그래서?"

"그렇다면 다르다는 걸 인정해 줘야지."

"치마가 작아서 엄청나게 불편하잖아. 너도 봤잖아."

"불편함을 감수할 정도로 좋아한다고 생각할 수도 있잖아. 너한테 묻고 싶은 게 있어."

막연하게 날 불편하게 했던 게 있었다. 허벅지 시스터란 이름이 아닌 나 양훈이로 묻고 싶었다.

"……그 질문 아픈 거냐?"

금지가 날 빤히 쳐다봤다.

"허벅지가 굵어서 치마를 거부하는 거야? 아니면 치마를 강요하는 이 시스템에 불만이 있어서 거부하는 거야?"

"둘 다야. 허벅지가 굵어서 치마 입기 불편한데도 이게 규칙이라고 강요하잖아. 그렇다면 그 규칙을 깨 버리자는 거야."

"그럼, 치마가 싫다는 건 아니잖아. 치마를 좋아하는 사람은 입을 수 있는 거잖아. 허벅지가 굵든, 배가 나왔든 말이야. 안 그래?"

"우리는 너무 오랫동안 학습이 되었어. 여자는 반드시 치마를 입어야 한다고 말이지. 그 무의식이 집단 세뇌로 이어진 거라고. 그러니까 그렇게 불편한데도 그냥 참는 거라고."

"그래, 그건 인정해. 하지만 란이는 그냥 불편함을 참고 있는 게 아니라, 치마를 선택한 거 아닐까? 지금 네가 하는 건 또 다른 강요일지도 몰라. 내가 허벅지 시스터를 사랑한 건 그 다름을 인정한 네가 멋있었기 때문이야. 보이는 것만 보지 않는 너의 신선한 시선 말이야. 한번쯤은 그 시선으로 란이의 선택을 들여다보면 안 될까?"

금지는 대답하지 않았다. 나도 더는 묻지 않았다. 한동안 서 있던 나는 교실로 돌아왔다. 금지는 점심시간이 끝날 때가 되서야 교실로 돌아왔다.

수업이 끝나자마자 학교 앞에 서 있는 학원 차로 향했다. 란이와는 학원이 두 개나 겹쳤다. 란이가 없는 학원 차는 유달리 조용했다. 쉬지 않고 옆에서 작은 소리로 수다를 떨던 란이가 그리울

정도였다.

오늘은 편의점도 들르지 않고 학원으로 곧장 올라갔다. 자리를 잡고 앉아서 밀려오는 공복감을 온몸으로 느끼고 있었다. 이제라도 편의점에 갈지 말지 갈등하고 있을 때였다. 누군가 삼각김밥을 책상에 올려놨다. 란이였다. 란이는 해맑게 웃고 있었다.

"뭐야? 전화도 안 받고."

"엄마가 압수. 학원도 가지 말라고 했는데 간신히 설득해서 빠져나왔어."

"엄마가 학원도 가지 말라고 했다고? 엄청나게 큰 죄를 지었나 보네?"

"그런가 봐."

란이가 아이처럼 크게 고개를 끄덕였다.

"무슨 짓을 한 거야?"

"어젯밤에 들켰어."

"뭘?"

란이는 어젯밤 집에서 하지 말아야 할 짓을 했다. 사실 집에서 하지 말아야 하는 짓이지만 처음 하는 짓은 아니었다.

"다 자는 줄 알았어."

"그래서?"

"맥주를 마셨어. 한 병 다 마셨는데 말짱하더라고."

"진짜? 네가? 왜 그랬어? 금지 때문에?"

란이의 돌발 행동을 믿을 수 없었다. 소심하고 겁이 많아서 유별난 짓을 할 때마다 가장 주저하는 게 란이였다. 그런데 맥주라니 놀라웠다.

"그런 거 아니야."

"뭘 그런 게 아니야? 내 말이 맞지!"

"아니라니까."

"그럼 뭐야?"

"침대 밑에 숨겨 놓은 병이 없어졌더라고."

"무슨 병?"

"네 생일날, 너희 집에서 맥주 마시고 내가 가져온 빈 병."

생일날 부모님 몰래 마신 맥주를 말하는 것 같았다. 다섯 달도 지난 일이었지만 빈 병을 가져갔다니 이해할 수 없었다.

"그걸 왜 가져갔어? 어쩐지 맥주는 마셨는데 빈 병이 하나 없더라. 샅샅이 뒤졌는데도 없더라고. 난 우리 엄마가 우리의 음주를 통 크게 이해하고 모른 척해 준다고 오해했는데 역시나 아니었구

나. 근데 그걸 왜 가져간 거야?"

"매일 밤 그 병으로 다리를 밀었거든. 혹시나 가늘어질지도 모르잖아. 치마 찢어질 일도 없을 테고."

"내가 미쳐요!"

"아니야. 효과 본 애들도 있어."

"알았어, 알았어. 그건 그렇고 그 병을 들킨 거야?"

"나도 몰라. 어느 날 없어졌어. 그래서 어젯밤 냉장고에 있는 맥주를 몰래 가져와서 다리를 미는데, 이게 빈 병이 아니니까 힘들더라고. 무게가 있어서 그런가, 내 맘대로 밀어지지도 않고. 그래서 마셔 버렸어. 일단 비우자는 생각으로."

"아휴!"

뒷이야기는 불을 보듯 뻔했다. 혼자 앉아서 맥주를 마시고 빈 병으로 굵은 허벅지를 밀고 있는 란이의 모습은 그 어떤 장면보다도 웃긴 일이었다. 하지만 우리에게 웃기다고 어른들에게도 웃긴 일이 될 수는 없었다. 촉이 빠른 엄마한테 들켰고, 란이네 엄마는 빠른 촉만큼 상상력도 거대했다. 왕따를 당하고 있는 것이냐, 그래서 치마가 찢어진 것이냐, 누가 널 괴롭히냐, 오만 가지 상상 속의 불안을 내뱉었고 급기야 실태를 파악할 때까지 학교에 가지 말라고 했다는 것이다. 그건 란이를 끔찍하게 사랑하는 란이네 엄마가 할 수 있는 최선이었다.

그러고 보니 오늘 아침 교실로 들어오는 금지 표정이 밝지 않은 것도 이 사건과 무관하지 않은 것 같았다. 금지는 호빵맨 상담 이후 담임에게 어떤 이야기를 들었을까? 금지에게 아무리 호의적인 담임이라고 해도 오늘 조회 시간은 달랐다. 이제 와 생각해 보니 모두가 금지를 겨냥한 말이었다.

"너희 엄마가 담임한테 전화한 것 같아."

"응. 반장 엄마랑 먼저 통화한 것 같아. 그러고 나서 선생님이랑 통화했고."

"금지한테 뭐라고 한 걸까?"

내 물음에 란이가 화들짝 놀랐다.

"담임이 금지한테 뭐라고 했어?"

"반장네 엄마가 너희 엄마한테 뭐라고 얘기했을 거고, 그걸 담임이 고스란히 금지한테 얘기했겠지. 오늘 조회 시간에 담임이 심상치 않았거든."

나는 담임이 한 이야기를 들려주었다. 란이는 심각하게 내 말을 들었다. 얼추 내 이야기가 끝날 때쯤 학원 선생님이 들어왔다. 란이는 내내 수업에 집중하지 못했다. 당장 금지에게 묻고 싶었지만, 핸드폰마저 압수당한 상태였다. 란이는 엄마에게, 나는 학원 선생님에게.

우리는 불안한 마음으로 수업이 끝나길 바랐다. 그래서인지 그 시간이 더 길고 지루했다. 쉬는 시간이 되자 란이가 물었다.

"진짜로 엄마나 담임이 금지가 나를 왕따시킨다고 생각한 걸까?"

"확실하지 않지만 그런 것 같더라. 금지가 내게 물었어. 널 못살게 하는 게 자기냐고."

"어른들은 진짜 이상해. 제대로 보지도 않지만 본 것도 자기네 맘대로 해석해."

란이가 한숨을 몰아쉬었다. 그런 란이를 보면서 금지한테 했던 것과 비슷한 질문을 던졌다.

"란이야, 넌 치마가 좋은 거야, 아니면 여자는 꼭 치마를 입어야 한다고 생각하는 거야? 작은 치마가 솔직히 불편한 건 맞잖아. 가끔 그렇게 꼭 끼는 치마를 입는 널 이해할 수 없을 때가 있어."

란이가 나를 빤히 쳐다봤다. 은행나무 아래에서 내가 던진 질문에 금지도 지금처럼 나를 빤히 쳐다봤다.

"흐흐!"

란이가 작은 소리로 웃었다.

"그럼 네가 날 이해할 때는 언젠데?"

란이가 작은 소리로 물었다. 곰곰이 생각해 보니 내 질문이 웃긴 게 맞았다. 난 한번도 란이를 제대로 이해한 적이 없었다. 그래서 나도 란이처럼 작은 소리로 웃었다. 란이가 그런 나를 바라보며 이어서 말했다.

"날 이해 못 해도 괜찮아. 허벅지 시스터라고 해서 전부를 알아야 하고 전부를 이해할 순 없다고 생각해. 금지가 치마 입는 걸 거부한다고 내 친구가 아닌 건 아니야. 금지는 금지의 생각이 있고 난 내 생각이 있으니까. 그걸 강요하고 싶지 않아. 우리는 다 틀릴 수도 있고 다 맞을 수도 있어. 어쩌면 누군가의 정답이 내게는 틀린 답이 될 수도 있잖아……."

란이는 내가 생각한 란이가 아니었다. 금지가 강하게 말하면 살짝 얼굴이 붉어지면서 작은 소리로 대꾸하던 란이었다. 어느 땐 자신이 하는 말마저 확신이 없는 투로 말하기 일쑤였다. 늘 작은 소리로 중얼거리듯이 말하는 란이가 솔직히 답답할 때도 많았다. 그런 란이가 지금도 그렇게 말하고 있었다. 확신이 없는 것처럼, 부끄러운 아이처럼. 그런데도 난 지금 다른 란이를 보고 있었다. 그 어느 때보다도 확실한 란이의 대답이었다.

"그럼, 어젠 왜 운 거야?"

"……아, 어제?"

란이가 또다시 웃었다.

"교복 치마가 두 갠데 먼저 것도 찢어졌거든. 근데 나머지도 찢어진 거야. 완전 속상했어."

"그래서 운 거야?"

"응."

"아휴!"

"왜?"

"아이들이 다 금지 때문에 네가 울었다고 했단 말이야."

"진짜? 애들도 보고 싶은 대로 보고 있네. 설마 너도 그런 거야?"

"아니 뭐, 꼭 그렇게 생각한 건 아니고……."

나는 솔직하게 대답하지 못했다.

우리는 나머지 학원 시간을 채우지 않고 교실에서 빠져나왔다. 란이네 엄마한테 들킬 게 뻔했지만 란이는 조금도 걱정하지 않았다. 이렇게 혼나나 저렇게 혼나나 질량과 부피는 조금도 줄어들지 않을 거였다.

학원 밖은 어두웠고 편의점에서 나오는 불빛은 다른 날보다 눈이 부시도록 밝았다. 밝은 불빛 속에 금지가 있었다. 편의점 창가에 금지가 앉아서 놀란 눈으로 우리를 바라보고 있었다.

금지가 어둠 속으로 뛰어나왔다.

"뭐야? 너희들 땡땡이친 거야?"

"가끔은 이래도 돼!"

내가 대답했다. 우리는 모두 웃고 있었다.

"나 있지, 고백할 게 있어."

란이가 작은 소리로 말했다.

"뭔데?"

"뭔데?"

금지와 내가 동시에 물었다. 우리의 반응이 뜨거웠는지 란이는 다른 날보다 더 부끄럽다는 듯이 대답했다.

"나…… 허벅지가 더 굵어졌어. 드디어 60센티가 넘어 버렸어……."

"정말?"

"정말?"

이번에도 금지와 내가 동시에 말했다. 그러고는 누가 먼저랄 것도 없이 모두가 웃기 시작했다. 서로 웃는 모습을 보면서 웃음소리는 점점 커졌다.

이른바 허벅지 시스터의 서열이 바뀌는 순간이었다.

어쩌면 서열 따위는 상관없었다. 예전에도 지금도 앞으로도 그럴 것이다. 모두가 다른 선택이 있고, 그것에는 우선순위가 없으니까. 각자 정답을 찾고 있지만 다르다고 시스터가 아닌 게 아니니까.

쿵

심리적으로 충격을 받아서
갑자기 가슴이 세게 뛰는 소리

—

라푼젤 윤아가 머리를 자르고 왔다. 그것도 3센티 쇼트커트로. 윤아는 어색한지 자꾸만 손으로 머리를 쓸어내렸다.

"재 뭐냐?"

"요즘은 저 머리가 유행인가?"

"레나도 저 머리잖아."

"레나는 힙합 하잖아. 재가 힙합 걸이냐?"

"하여튼 별일이다. 하루 종일 긴 머리를 마르고 닳도록 빗어 댈 땐 언제고."

아이들이 여기저기서 수군댔다. 머리카락을 싹둑 자르고 온 윤아는 모두의 관심을 받기에 충분했다.

나는 뒤에 앉은 도진이를 찾았다. 도진이와 윤아는 두 달 전부터 공개 연애를 했다.

이도진. 우리 반 에이스다. 공부를 썩 잘하진 않지만 상위권이다. 잘생긴 건 아니지만 한번쯤은 뒤돌아보게 되는 얼굴이다. 못하는 운동은 없지만 특별히 잘하는 것은 없다. 순전히 내 기준에 그렇다는 거다.

윤아가 도진이를 좋아한다는 건 진즉에 알고 있었다. 눈과 귀가 있는 아이라면 모를 수가 없다. 자칭 라푼젤 서윤아는 학기 초부터 도진이 주위를 맴돌았다.

수업 종이 울리자 기다렸다는 듯이 담임이 교실에 들어왔다. 지각한 몇몇 녀석도 서둘러 자기 자리를 찾아 앉았다. 그중에 도진이도 있었다.

담임이 교탁에 책을 내려놓고, 칠판에 낙서가 있는지 확인하고, 안경을 추켜올린 다음 우리를 돌아봤다. 그리고 안경 속 눈알이 잠시 커졌다 작아지더니 다시 한번 안경을 추켜올리며 말했다.

"서윤아, 일어서 봐."

동시에 아이들 눈이 윤아를 향했다. 윤아는 교실에 들어왔을 때처럼 머리를 만지며 일어섰다.

"무슨 일이야?"

윤아가 긴 머리를 얼마나 아끼는지 담임도 잘 알고 있었다. 헤어 제품이라면 줄줄이 꿰고 있는 건 물론이고, 수업 시간에 머리를 빗다가 혼이 난 적도 부지기수다. 전국 긴 머리 연합회라는 듣도 보도 못한 '전긴엽' 회원이기도 한 윤아는 별나다면 별난 아이였다.

"얘기해도 돼요?"

일어선 윤아가 오히려 되물었다.

나는 윤아가 폭탄선언이라도 할 것만 같았다. 전투적인 커트 머리와 잘 어울리는 단어가 떠올랐다. 이를테면, 이도진, 사귀다, 차다, 배신, 응징 같은 말들.

"흠흠……."

고개를 든 윤아가 씩 웃었다.

예상한 것과는 너무 다른 표정이었다. 비장함 따윈 없었다.

"그냥 저한테 변화가 있어서 자른 거예요. 더는 라푼젤을 하고 싶지 않아서요."

여기저기서 환호성이 터졌다.

"자, 조용!"

담임이 손뼉을 치며 아이들을 제지했다.

"그러니까 특별히 불만이 있어서 머리를 자른 게 아니다, 이 말인 거야?"

"네, 그렇습니다!"

"엄마도 아시니?"

"당연하죠. 제 몸이 제 것인데도 제 것이 아닌 것처럼, 제 머리카락도 제 것이지만 제 것이 아니니까, 당연히 아시죠."

우리 몸에 대한 권리가 어른에게 있다고 착각하는 담임의 질문에 윤아는 윤아답게 비꼬고 있었다. 길고 탐스러웠던 머리를 자른 윤아의 선택을 담임은 복잡한 상상력을 동원해 바라보는 것 같았다. 실연이나 비관, 성적에 안 좋은 영향을 줄 수도 있는 심정적 변화 같은 거 말이다.

윤아의 커트는 우리에게 놀라운 일이었다. 우리 학교가 복장보다는 머리에 많은 자율권을 주긴 한다. 너무 튀는 염색만 아니라면, 살짝 하는 파마 정도는 묵인해 주니까. 하지만 3센티 쇼트커트는 아무리 힙합 스타 레나의 인기가 대단하다고 해도 따라 하기엔 과한 머리였다. 게다가 허리까지 내려오는 긴 머리를 심하게 아끼는 윤아가 이 머리를 했다는 게 더 놀라운 거였다.

새 학기가 시작되자마자 윤아는 도진이를 찍었다. 내가 윤아와 친해지게 된 것도 도진이와 내가 3년 내내 같은 반이었기 때문이다.

"어떤 아이야?"

"뭘 좋아해?"

"좋아하는 색은?"

"집은 어디야?"

"여친 있어?"

윤아는 끊임없이 도진이에 대해 물었다. 애써 무시했지만 윤아는 참으로 한결같았고 끈질겼다.

"뭐야? 너 설마 도진이 좋아해? 그래서 말 안 해 주는 거야?"

결국 이 물음에 백기를 들고 말았다. 세상에서 가장 듣기 싫은 말이었기 때문이다. 집요한 아이라고 생각했지만 한편으로는 그런 윤아가 부러웠다.

그러던 어느 날 도진이가 1일임을 선포했고, 윤아는 수줍게 미소 지었다. 시작은 윤아가 먼저였지만 기다리다 지친 도진이가 윤아네 집 앞으로 쫓아간 것이다. 마침내 도진이는 윤아의 고백을 듣고야 말았다고 한다. 연애의 기술이 있다면 분명 윤아는 누구보다 한 수 위였다. 상대를 자주 언급하는 것만으로도 자신을 돋보이게 한다는 건 자기 손을 대지 않고도 코를 푸는 거와 같았다.

점심을 먹자마자 윤아는 상담실에 불려 갔다. 급격한 심경의 변화가 있는 아이들은 상담실 주요 손님이 되는데 윤아가 그 손님이 된 것이다. 단지 머리카락을 잘랐다는 이유로.

윤아와 도진이가 없는 사이에 누군가 던진 한마디가 쟁점으로 떠올랐다. 도진이가 윤아한테 그만 만나자고 해서 윤아가 홧김에 머리를 잘랐다는 것이다.

"먼저 좋아한 것도 윤아니까 그럴 수 있지. 안 그래?"

남 얘기하기 좋아하는 수이도 거들고 있었다.

"먼저 좋아하면 차이는 게 당연하다는 거야?"

나는 그런 수이도 짜증이 났지만 당사자들이 없는 데서 하는 이야기들이 불편했다.

"사실 도진이한테 윤아가 안 어울리는 건 맞잖아."

"어떤 애가 도진이한테 어울리는데? 그것도 성적순이냐?"

"김지우, 너 되게 예민하다. 솔직히 도진이가 너랑 사귈 줄 알았지. 우리 반에서 너랑 도진이가 인기가 많잖아."

"그런 거에 관심 없거든!"

소문은 여자애들 사이에서 오르내렸다. 어느 순간 남자애들도 낄낄거리며 수군댔다. 윤아 귀까지 들어가는 데 시간이 오래 걸리지 않았다.

수업이 다 끝나고 대청소를 하는 시간이다. 덕분에 종례가 일찍 끝났다. 담임이 나가자 윤아가 빗자루를 들고 교탁 앞에 섰다.

탕! 탕!

윤아가 교탁 옆구리를 빗자루로 두드렸다. 아이들 시선이 윤아를 향했다.

"너희들이 무슨 말 하는지 알아. 그래서 말인데, 궁금한 게 있으면 나한테 직접 묻길 바란다!"

윤아는 정면 돌파를 선택했다. 역시 윤아다웠다.

윤아가 돌진 모드로 나오자 뒤에서 수군대던 아이들이 주춤했다. 아무도 나서지 않았다. 다들 자기 구역에서 청소 도구를 만지작거릴 뿐이다.

"……도진이랑 헤어진 거 맞아?"

내가 먼저 물었다. 목소리가 떨렸지만 애써 무시했다.

"아니."

쿵!

윤아의 대답이 나오자마자 뒤쪽에서 무엇인가 떨어지는 소리가 들렸다. 아이들 모두 소리가 난 쪽을 돌아봤다.

도진이가 화분 받침대로 쓰던 벽돌을 들고 있다가 떨어뜨린 듯했다. 도진이 옆에서 영우는 나무가 시들어 버린 화분을 들고 있었다. 단추만 한 영우 눈이 커졌다.

"도진이랑 헤어져서 자른 거라던데?"

수이가 잽싸게 나섰다.

"헤어진 건 아니지만 머리를 자르는 데 도진이가 일정 부분 관계는 있어."

"그게 그거 아닌가? 야, 이도진, 너는 할 말 없냐?"

윤아 말이 끝나자 수이가 도진이에게 물었다.

"내…… 내가 왜 대답해야 하는데? 내가 너희들한테 그런 것까지 말해야 되냐?"

도진이 벽돌을 주워 들더니 그대로 교실을 빠져나갔다. 영우가 화분을 가슴에 안은 채 그 뒤를 급하게 따라 나갔다.

다른 날보다 청소를 꼼꼼하게 하지 못했다고 담임에게 일장 연설을 듣고 나서야 학교를 빠져나올 수 있었다. 아이들은 모두 학원을 향해 제각기 흩어졌다.

나는 서둘러 윤아를 찾았다. 윤아가 막 교문을 나서고 있었다.

“진짜 헤어진 거 아니야? 도진이 엄청 놀라는 것 같던데?”

“아직 몰라.”

“헤어졌는지 아직 모른다고? 너희들 사귀는 거 맞아?”

“사귀는 건 맞는데 헤어진 건 잘 모르겠네.”

윤아는 여전히 알 수 없는 말을 늘어놓았다.

“도대체 무슨 일이야?”

나도 모르게 큰 소리가 나왔다. 윤아가 멈춰 서더니 주위를 둘러보았다. 그러고는 짧게 대답했다.

“성추행.”

“성추행? 도진이가?”

너무 놀라서 나도 모르게 목소리가 더 높아졌다.

“응.”

쿵!

떨어질 벽돌이 내 안에도 있었다.

“키스를 했거든…….”

“키스? 난 또 뭐라고. 사…… 사귀니까 할 수도 있는 거 아니야?”

“그게 아냐.”

너무도 단호한 대답이었다.

"서로 좋아하는 거 아니었어?"

"서로 좋아하니까 키스를 했지. 그런데 이 자식이 내 허락도 없이 가슴을 만졌어."

미친 듯이 가슴이 뛰었다. 익숙한 풍경이 내 머리를 스쳤다.

"가슴? 키스하다 보니까 그랬나 보지. 너도 좋으니까 한 거 아니야?"

"나도 좋으니까 한 거 맞아. 결과적으로 별로 좋지도 않았지만. 근데 가슴은 아니거든! 걔가 가슴을 만질 줄은 몰랐다고."

"억지로 한 건 아니잖아?"

"그게 애매해. 내가 놀라서 밀쳐 냈는데, 멈추지 않았어. 계속 밀쳐 내면 걔가 날 싫어할까 봐 걱정한 것 같아. 그런데…… 참기가 힘들었어."

"그만하라고 말했어?"

윤아가 고개를 끄덕였다. 매사가 분명한 윤아도 그 상황은 힘들었을 것이다.

"그게 뭐 대단하다고. 분위기에 취해서 그냥 한 거잖아. 그건 당한 거 아니야……."

나 역시 별거 아니라고 말해야 할 것 같았다. 그 일이 별일이 된다면 가장 힘든 사람은 윤아일 것이다.

"나도 그런 줄 알았어. 근데 아니야. 그때 내가 진짜 싫었거든. 내가 좋았다면 좋은 기억으로 생각나야 하는데 생각할수록 기분 나빠. 자꾸만 당한 것 같은 더러운 기분이 든다니까."

"너 도진이 좋아하잖아?"

"좋아해."

"그럼 답 나왔네. 당한 거 아니야. 처음이라 그럴 수도 있어. 나중에 또 하면 그땐 진짜 좋을지도 모르잖아?"

나는 어른처럼 윤아에게 말했다. 마치 또 다른 내가 내 안의 나에게 말하듯이.

"참았어야 했을까?"

윤아가 나를 바라보았다. 나는 애써 윤아의 눈을 피했다.

"도진이는 뭐래?"

"그냥 가 버렸어. 그 뒤로 연락도 없어. 진짜 화나는 건 도진이랑 그 일에 대해 제대로 말을 못 했다는 거야."

쿵!

자꾸만 무엇인가 내 안에서 떨어지고 있다. 심장이 떨어지거나,

마음이 있다면 마음이 떨어지는 소리일지도 모르겠다.

윤아와 헤어지고 학원 쪽으로 방향을 잡았지만 도무지 학원에 가고 싶지 않았다.

짧게 머리를 자른 윤아를 보면서 수이는 공주병 합병증이 관심병이라고 말했다. 하지만 나는 알고 있다. 단순한 관심병 따위로 머리카락을 자르지는 않았을 것이다.

누구와 누군가 사귄다는 소문은 많았고, 누구와 누군가 손을 잡았다거나, 키스를 했다는 소문은 너무 흔한 일이라 소문 축에도 끼지 못했다. 자랑삼아 떠드는 아이들도 있었고, 부풀려 말하는 아이들도 있었다. 순전히 관심받고 싶어서 하는 말들이다. 하지만 윤아가 말한 그 일은 소문처럼 떠도는 것들과 다르다. 윤아가 말한 순간 나는 그것을 알고 있었다.

1학년 2학기, 모둠 만들기 수업이 끝나고 나서였다. 작품들을 정리하느라 도진이와 나는 늦게까지 교실에 남아 있었다. 갑자기 도진이가 내게 입을 맞췄다. 아니, 긴 입맞춤이었다.

며칠 동안 가슴이 두근거렸다. 나 혼자만의 감정이라고 애써 감추었는데 도진이도 나와 같은 감정이란 걸 확인한 것만 같아서 기뻤다. 도진이 뒤통수만 봐도 설렜고, 도진이만 쳐다보게 되었다. 무엇인가 잔뜩 부풀어 올라 당장이라도 터져 버릴 것 같은 며칠이었다. 자꾸만 볼따구니가 뜨끈했고 시도 때도 없이 웃음이 나왔다. 한마디로 바람 든 미친 사람 같았다.

그런데 그게 다였다. 도진이는 그날 이후 아무 일도 없는 것처럼 행동했다. 사귀자는 말도 없었고, 좋아한다는 고백 따위도 없었다. 며칠의 설렘이 실망이 되었다. 기다림이 알 수 없는 분노로 바뀌었고, 나중에는 나 자신이 바보 같았다. 아무것도 묻지 못한 내가 멍청이처럼 느껴져 도진이를 볼 때마다 찝찝한 기분이 들었다. 어쩌면 도진이는 내가 자기를 좋아하고 있다는 걸 눈치챘을지도 모른다. 그래서 더 기분이 나빴다. 도진이에게 일부러 더 쌀쌀맞게 대한 것도, 더 미워하게 된 것도 순전히 그 일 때문이다. 그 일만 없었다면 우리는 어땠을까? 자연스럽게 친구가 될 수 있었을까?

다음 날, 학교에 일찍 갔다. 윤아와 도진이 때문에 아침밥을 거르고, 놓칠 뻔한 버스를 악착같이 잡아탄 나에게 짜증이 났다.

역시나 오늘의 화제도 윤아와 도진이 이야기였다. 윤아가 도진이와 키스를 했다는 것도 자연스럽게 흘러나왔다. 어쩌면 도진이가 자랑처럼 말했을지도 모른다. 수이가 키스해 놓고 그만 사귀자고 하는 건 배신이라면서 따지고 있었다.

"윤아도 좋으니까 한 거 아니야?"

영우가 눈을 가늘게 뜨고 말했다. 작은 눈이 더 작아 보였다.

"키스 두 번 하면 결혼도 해야겠네? 평생 책임지라고 하겠다!"

어떤 녀석이 뒤에서 거들었다.

"맞아, 맞아!"

거드는 녀석이 한둘이 아니었다.

그때 윤아가 교실에 들어섰다. 그 순간 떠들어 대던 아이들이 조용해졌다. 아무리 눈치 없는 아이라고 해도 이 분위기를 감지하기에 충분했다. 윤아는 아무렇지도 않은 척 자리에 앉았다. 힐끔거리는 시선을 무시한 채.

"애들이 그러는데 도진이가 헤어지자고 했다면서?"

더는 참을 수 없었는지 수이가 윤아에게 물었다.

"맞아. 그런데 헤어지자고 한 건 내가 먼저거든! 누가 먼저 얘기했는지가 중요하다면 내가 먼저 얘기했다는 거야."

"그래서 머리를 자른 거야?"

"헤어지자는 소리에 머리를 자를 만큼 내 머리가 하찮지는 않아. 머리를 자른 이유는 다른 거야."

"그게 뭔데?"

"내 몸은 내 거야. 내 머리카락도 내 거고. 그러니까 내 마음대로 자른 거야."

윤아는 도진이가 가슴을 만졌을 때 좀 더 확실하게 의사 표현을 해야 했던 건 아닌가 자책했다고 했다. 하지만 내가 그랬던 것처럼 윤아도 잘못한 게 없는데 왜 스스로를 탓해야 할까? 자책을 그만하기로 한 윤아가 머리카락을 자른 것은 어떤 결의가 아니었다. 당연히 다짐도 아니다. 자신을 지키려고 머리카락을 잘랐던 라푼젤은 현실에도 있었다. 머리를 자르고 마녀의 억압에서 벗어난 라푼젤처럼 윤아는 보이지 않는 억압에서 진심으로 벗어나고 싶었던 것이다.

도진이가 막 교실로 들어왔다. 어디서부터 들었는지는 모르겠지만 이 상황이 자신과 무관하지 않다는 걸 아는 표정이었다. 푹 숙인 고개, 불그레한 얼굴, 왠지 도진이가 작은 아이처럼 보였다.

"너희들이 아는 것처럼 나는 도진이를 좋아해. 그런데 내가 도진이를 좋아한다고 해서 내 동의도 없이 키스하거나 어떤 행동을 해도 된다는 건 아니거든. 나는 도진이한테 사과를 받고 싶을 뿐이야."

윤아는 도진이한테 하고 싶은 말을 했다.

"도진이가 너한테 무슨 짓을 한 거야?"

아이들이 웅성댔다. 수이가 말까지 더듬으며 물었다. 그러자 도진이가 발끈하며 끼어들었다.

"내, 내가 뭘 했다고 이러는 거야? 너도 가만히 있었잖아. 그거 좋다는 거 아니야?"

도진이 얼굴이 더 빨개졌다.

"키스 한번 했다고 저러는 거야? 무섭다, 무서워……."

영우 말이 끝나기도 전에 도진이가 이어서 말했다.

"그, 그냥 키스한 거야. 너희들도 사귀면 그 정돈하잖아. 나…… 완전 억울하거든."

남자애들이 도진이 말에 와르르 웃었다.

"뭐야? 고작 키스 따위 가지고 이 난리를 피운 거야? 도진이가 서윤아 진짜 좋아했네! 키스 한번 요란하게 한 거잖아."

한 아이가 소리쳤다.

"떨렸냐?"

"좋았어?"

"야, 어떤 기분인지 자세히 말해 봐라!"

여기저기서 환호성 같은 질문이 쏟아졌다.

“윤아가 좋다고 따라다닐 때부터 뭔가 일이 벌어질 줄 알았어.”

“어쩐지 너무 설쳐 대더라.”

“좋아한다면서 키스한 거 가지고 왜 저러냐?”

여자애들마저 수군댔다.

쿵!

다시 한번 가슴속에서 무엇인가 떨어졌다.

좋아하면 뭘 해도 된다는 아이들의 말은 뾰족한 바늘 같았다. 그 소리에 배 속이 쓰렸다. 싸한 통증이 목구멍을 타고 올라왔다.

처음에는 윤아도 자신만만하게 말했지만 여자애들까지 수군대자 당황하기 시작했다. 윤아는 도진이가 가슴을 만진 걸 말하지 못했다.

순간 윤아와 눈이 마주쳤다. 지난 일이 선명하게 떠올랐다.

내가 허락하지 않은 키스를 하고도 아무 일 없이 생활하는 도진이는 지금 떨어지는 쿵 소리가 무엇인지 모를 것이다. 아니 모르고 있다. 그러니까 지금 저런 말을 할 수 있는 것이다.

나도 모르게 벌떡 일어서고 말았다.

“야, 이도진!”

아이들 모두 나를 바라봤다. 모든 눈이 레이저처럼 보였다. 날 향해서 달려오는 레이저가 빨갛게 불을 켜고 있었다.

"너, 1학년 때 나한테 키스한 건 뭐야? 그것도 날 좋아해서 한 거야? 아니잖아? 그거 나한테 허락받고 한 거 아니잖아? 추행이 뭐라고 생각해? 네 생각을 분명히 말해 주면 좋겠어!"

아이들이 웅성거리기 시작했다. 윤아는 놀란 표정으로 날 쳐다봤고, 수이는 내가 본 것 중에 가장 큰 눈을 하고 있었다.

도진이가 아무 말도 못 하자 영우가 도진이 옆구리를 툭툭 쳤다. 도진이는 영우를 한번 쳐다보더니 턱을 치켜들고 대꾸했다.

"야, 내가 뭘 했다는 거야? 추행? 미치겠네……. 어제 일도 생각 안 나는데 1학년 때 일을 어…… 어떻게 기억하냐?"

수업 예비 종이 울렸다. 긴 벨 소리가 교실 가득 울렸다. 누구 하나 움직이지 않았다.

정지된 것은 아이들만이 아니었다. 책상과 의자처럼 바람도 멈췄다. 공기도 멈췄다. 창밖 세상이 멈췄다. 나의 기억이 지난 시간에 멈춘 것처럼.

윤아가 천천히 뒤쪽 사물함에 가서 책을 꺼내 왔다. 그러자 아이들도 움직이기 시작했다. 담임이 들어왔고 우린 아무 일도 없다는 듯이 수업을 들었다. 그렇게 똑같은 하루가 시작되는 것 같았다. 하지만 하루 종일 교실은 알 수 없는 공기로 가득 차 있었다. 쉬는 시간이면 삼삼오오 모여서 쑥덕거렸고, 뻔질나게 나를 찾던 수이는 내 근처에 오지 않았다.

드디어 수업이 다 끝나고 종례를 마친 담임이 나가자마자 윤아가 도진이에게 정식으로 사과를 하라고 했다. 아이들 앞에서 정중하게 나와 자기에게 사과를 해야 한다고 했다. 갑자기 나까지 얹어서 얘기하는 윤아가 부담스러웠다. 남자애들은 눈치를 봤고, 도진이는 말할 것도 없었다.

그때 영우가 일어서서 말했다.

"야, 사과를 하든지, 사과를 주든지 너희 둘이 해결해. 공개적으로 사과를 하라고 왜 난리야? 그리고 김지우, 넌 빠져라. 언제 적 이야기를 꺼내서 상황을 더 복잡하게 만드냐?"

"네가 이도진 대변인이야? 왜 자꾸 끼어드는데?"

수이가 소리쳤다.

"너도 마찬가지거든!"

"그만들 해. 이건 나와 지우만의 이야기가 아니야. 분명하게 짚고 가자. 이도진, 추행이 무슨 말인지 생각해 봐. 상대가 원하지 않는 걸 억지로 했다면 그게 성추행이거든? 어떻게 생각해?"

윤아 말에 도진이는 여전히 고개를 숙인 채였다. 아무 대꾸도 없었다.

아이들도 '성추행'이라는 말의 무게 정도는 아는 듯했다. 키스 따위라고 웃고 찧고 까불던 녀석들이 조용했다.

한번쯤은 도진이가 나를 바라보길 바랐다. 녀석의 시선에서 조금의 미안함 따위를 느꼈다면 지금 떨어지는 수없이 많은 '쿵'들이 적어질지도 모른다.

그러고 보니 3년 내내 나는 도진이를 마음 편하게 바라보지 못했다. 어쩌다 마주치는 시선에 '쿵' 하는 가슴을 쓸어내렸다. 마치 내가 무엇인가 큰 잘못을 한 것처럼 녀석의 시선에 내 마음이 밑도 끝도 없는 나락으로 떨어졌다. 진즉에 이걸 끝냈어야 했다. 윤아가 아닌 나 자신이.

"도진이가 사과하지 않는다면 이건 끝나지 않을 거야."

난 아이들을 향해 말했다. 아니 나 자신에게 분명하게 말했다. 이 일이 일어나지 않았다면 나는 내 속에 떨어지는 '쿵' 소리를 애써 무시하며 살았을 거다. 아무 일도 일어나지 않은 것처럼 도진이와 농담을 주고받았을지도 모른다. 마치 그 일이 별일이 아니란 듯이.

우리는 그렇게 열여섯을 지나고 있었다.

입시가 바로 코앞이었고 중요한 선택의 시간을 마주하고 있었다. 윤아는 머리가 꽤 자랐고 애써 가라앉혔던 내 여드름이 마지막 발악을 하고 있었다. 아무것도 변하지 않은 채 시간이 지났다. 도진이와는 가끔 시선이 마주쳤고 가끔 내가 먼저 고개를 돌리기도 했다. 윤아와 나는 도진이 이야기를 서로 하지 않았다. 금기어처럼 우리 사이를 떠돌았고 결국 그게 우리 사이를 조금씩 멀어지게 만들었다.

나는 조금 멀리 있는 고등학교에 들어가게 되었고, 윤아도 바라던 고등학교에 무사히 안착했다. 다들 자기 몸 둘 곳을 알아서 찾아갔다. 그리고 도진이는 외고 입시를 포기하고 일반고를 선택했다는 걸 수이의 문자로 알게 되었다. 도진이 소식은 날씨만큼이나 서늘했다. 수이는 인과응보라면서 야단이었지만 도진이도 힘이 들었을 걸 생각하니 가슴 한쪽이 시렸다. 수이는 문자 안에서도 수다스러웠지만 다정한 친구였다. 모두가 이별을 두려워했지만 새로운 기대감도 있었다. 고등학생이 된다는 건 진심으로 '아이'를 졸업하는 거였다.

수이와 문자를 나누는 도중에 새로운 문자 알림이 떴다.

도진이였다.

나도 모르게 긴장을 한 채 알림을 노려보았다. 수이와 서둘러 문자를 끝냈지만 도진이 문자를 바로 확인하지는 않았다.

사과를 하려는 걸까?

아니, 사과가 아니면 난 어떻게 해야 하지?

만나자고 한다면?

만나야 하나?

이런저런 생각에 심란했지만 이런저런 생각 때문에 문자를 바로 확인할 수는 없었다.

낼모레면 이곳에서 벗어나 고등학교 기숙사에 들어가는데 굳이 녀석을 만날 이유가 없었다. 시끄러운 마음으로 새로운 출발을 하고 싶지 않았다. 돌이켜 보면 도진이는 끝끝내 우리한테 정식으로 사과하지 않았다. 하지만 분명한 건 있었다. 더는 나를 탓하지 않았다. 어느 순간 '쿵' 소리도 들리지 않았다. 찝찝했지만 그것으로 족했다. 윤아 역시 나와 마찬가지일 거라고 생각했다.

미리 보기 알림에는 아주 평범한 인사말만 보였다. 저녁을 먹고 나서야 문자를 열어 보았다. 열어 보니 꽤 긴 문자였다.

윤아가 나처럼 어느 정도에서 타협했다고 생각했는데 아니었다. 윤아는 꽤 긴 시간 도진이에게 연락을 한 것 같았다. 도진이는 윤아의 끝도 없는 문자 때문에 나한테 이런 문자를 보내는 건 아니라고 먼저 털어놓았다. 역시 윤아답다고 생각했다. 도진이는 여러 번 문자를 쓰고 지운 것 같았다. 글자 사이사이에서 녀석의 고민과 신중함이 엿보였다.

도진이는 그 일을 잊고 있지는 않았다. 그날로 돌아갈 수만 있다면 키스 따위는 하지 않았을 거라고 했다. 내가 자기를 좋아한다는 소문에 잠깐 돌아 버린 거라고 비겁한 변명을 늘어놓았다. 미안하다는 사과에도 바뀐 건 없었다.

나는 도진이에게 답장하지 않았다. 그 대신 윤아에게 문자를 보냈다.

잘 지내?

윤아가 문자를 확인하기까지 오래 걸렸다. 핸드폰을 수없이 들었다 놨다 했다.

잘 지내. 넌?

드디어 윤아한테 답장이 왔다.

나도 잘 지내. 도진이 문자 왔었어. 너도?

문자는 확인했는데 답이 없다. 그 시간이 길게 느껴졌다.

잠시 후 문자가 왔다.

그랬구나. 그래서 문자 한 거야? 내가 궁금해서 한 줄 알고 순간 가슴이 설렘.^^

윤아 대답에 피식 웃고 말았다. 그래서 바로 대답했다.

아냐, 네가 궁금해서 문자 한 거야. 진심.^^

그래? 그럼 우리 만날까?

응. 완전 좋아.^^

나도 모르게 웃고 있었다.

엄마가 내 방에 들어왔다가 내가 하는 짓을 보고 남자 친구냐고 물었다. 대답하기 귀찮아서 고개를 끄덕였다.

뭐, 상관없다. 남자 친구가 아닌 여자 친구가 어느 땐 더 설레게 한다는 걸 알았으니까.

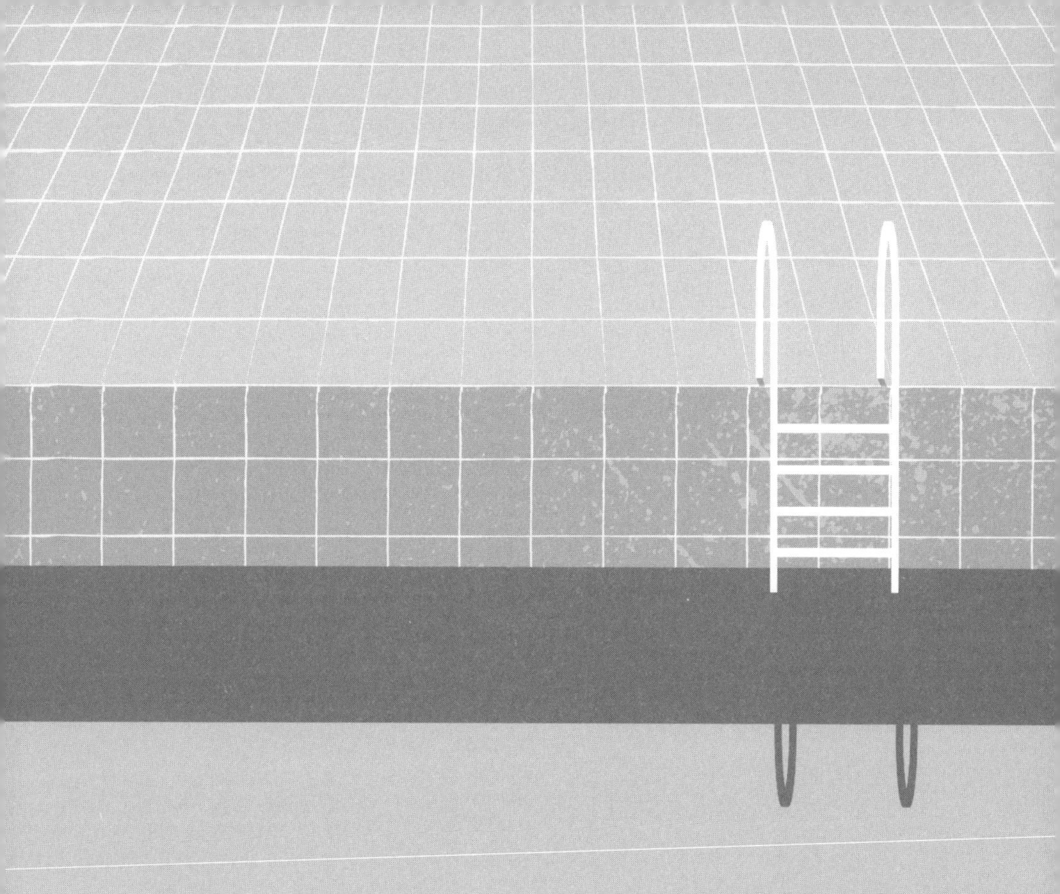

단단한 잠

-

전철이 막 한강을 건너고 있을 때였다. 툭, 하고 옆자리에 앉은 녀석의 머리가 내 어깨로 떨어졌다. 옅은 땀 냄새가 났다. 헤어젤을 바른 빳빳한 머리끝이 목덜미를 찔렀다. 어깨를 빼려다 그만두었다. 규칙적으로 가늘게 코 고는 소리가 들렸기 때문이다.

조금 전까지 핸드폰으로 게임을 하던 녀석이 순식간에 잠이 들었다. 누군가에게는 이렇게 쉬운 것이 잠이다.

전철이 한강을 다 건너자 갈아타려는 이들이 일어섰다. 사람들은 우리를 힐끔거리며 내렸다. 사람들이 우리를 보는 데에는 그럴 만한 이유가 있었다. 교복을 입은 남자애와 여자애가 다정하게 어깨를 맞대고 있는 게 첫 번째 이유이고, 무슨 사정인지 남자애는 세상모르게 자고 있는데 이 모든 것이 학교 수업이 한창일 시간에 전철에서 벌어진 일이기 때문이다.

나는 잠깐 녀석을 깨울까 하다가 가만히 있었다. 모든 것이 귀찮았고 누군가의 머리쯤이야 잠시 기대게 한들 별일이 아니었다.

사람 머리는 볼링공 무게와 비슷하다고 했다. 그러니까 대충 어림잡아서 10파운드의 무게가 시간이 지날수록 내 어깨를 압박해오고 있었다. 묵직한 무게를 내 어깨가 언제까지 견딜 수 있을지 가늠할 수 없을 때, 살짝 몸을 비틀었다. 녀석의 머리가 바로 반응했다. 고개를 꼿꼿이 세우는가 싶더니 완전히 뒤로 꺾였다. 후, 소리와 함께 바로 입이 벌어졌고 녀석이 안고 있던 가방이 바닥으로 툭 떨어졌다.

녀석은 가방이 떨어진 것도 모른 채 여전히 깊은 잠 속에 빠져 있었다. 그 순간 나도 모르게 웃음이 새어 나왔다. 가방을 들어 내 가방 위에 포개 놓았다. 앞에 선 아저씨가 그런 우리를 빤히 쳐다봤다.

녀석은 정말이지 세상모르게 잠을 자고 있었다. 그 잠을 방해하고 싶지 않았다.

나는 경계를 서는 미어캣처럼 주변을 두리번거렸다. 왜 그런지 모르겠지만 나도 모르게 긴장하고 있었다. 낯선 녀석의 무거운 머리 때문인지 주변의 시선 때문인지 알 수가 없었다. 잠시 후 눈이 뻑뻑해지며 시큰한가 싶더니 눈물이 주르륵 흘렀다. 눈을 비비며 눈물을 닦았지만, 손으로 훔쳐 내기엔 눈물이 점점 더 많이 나왔다. 가방에서 천천히 안약과 휴지를 꺼냈다. 일회용 안약 뚜껑을 따고 고개를 들어 눈에 부었다. 흐르던 눈물은 약물과 범벅이 되어 얼굴을 적셨다. 따끔거리던 눈이 다소 진정되었다.

그사이 내려야 할 역을 지나쳤다. 상관없다. 학교는 내일 가면 되니까.

주머니에서 핸드폰 진동이 느껴졌다. 엄마일 것이다. 핸드폰을 꺼내서 전원을 끄고 가방 속 깊숙이 쑤셔 넣었다. 녀석은 나의 기척에도 아랑곳하지 않았다. 재미난 꿈을 꾸는 것처럼 잠 한가운데 있었다.

사흘째 잠을 제대로 못 자고 있다. 두어 시간마다 깨어 시간을 확인한다. 한밤중에 나는 부엉이처럼 눈을 부라리고 뱀처럼 기어다니며 고양이처럼 걷는다. 때론 기린처럼 목을 빼고 하이에나처럼 주변을 경계한다. 하지만 아무것도 보지 않는다. 아무것도 하지 않는다. 그저 깨어 있을 뿐이다.

병원에서 처방해 준 약은 변기 속으로 사라진 지 오래다. 그깟

약으로 나의 잠을 재촉하고 싶지 않았다. 약이라면 먹을 만큼 먹었고 한 알도 더 먹고 싶지 않았다.

엄마가 처음 약을 건넨 건 모의고사 점수가 나온 뒤였다.

"먹어."

하얀 알약은 새끼손톱보다도 작았다.

약을 받아 철제 필통 위에 놓았다. 속으로 독약일지도 모른다고 생각했다. 성적이 네 단계나 떨어졌으니 엄마라면 날 죽이고도 남을 터였다.

"지금 먹으라니까?"

엄마 눈썹이 꿈틀거렸다. 벌레만큼 유연한 움직임이었다.

"뭔데?"

"집중력 올려 주는 약이래. 어렵게 구한 거야. 이거 먹고 정신 차리자."

"정신 차렸어. 안 먹어도 돼."

몇몇 아이들이 먹고 있다는 그 약이었다. 언젠가 내 차례가 올 거라는 걸 알았지만 예상보다 빨랐다. 그만큼 엄마의 정보력이 빠른 거였다.

"정신 차린 애가 그렇게 좋아? 어떻게 된 애가 낼모레가 시험인데 책상 앞에서 졸 수가 있어? 정신이 있는 거야, 없는 거야? 빨리 먹어."

"……."

한참 동안 약을 째려봤다. 엄마는 내 머리를 째려보고 있었다. 엄마가 터무니없다고, 정신이 나갔다고 생각하는 10파운드짜리 내 머리 말이다.

마침내 나는 하얀 알약을 집어삼켰다. 차라리 죽기를 바랐는지도 모르겠다. 알약만큼 하얗게 질린 엄마 얼굴을 보고 싶었기 때문이다. 엄마는 내가 약을 삼키는 걸 보고 나서야 조용히 방에서 나갔다.

몽롱했던 머리가 선명해지는 걸까? 가슴이 두근거렸다. 피가 몰리듯 얼굴이 화끈거리는 것 같기도 했다. 어쨌든 약 덕분인지 무거웠던 눈꺼풀이 조금씩 가벼워지기 시작했다. 반대로 묵직한 머리의 무게를 온전히 느낄 수 있었다. 10파운드의 무게가 온몸을 짓눌렀다.

녀석은 열 정거장을 지날 때쯤 눈을 떴다. 일어나자마자 안고 있던 가방을 찾았다. 내 무릎에 있는 가방을 보자 얼굴을 붉혔다. 가방을 건네주자 작은 소리로 인사를 했다.

"고맙습니다."

"뭐라고?"

녀석이 하는 소리를 들었지만 못 들은 척 물었다.

"고맙다고."

"고마우면 밥을 사든가."

녀석의 눈이 커졌다 다시 작아졌다. 그러고는 피식, 웃었다. 나도 따라 웃었던가.

우리는 전철역에서 나와 무작정 걸었다. 햄버거 가게가 눈에 띄었다. 24시간 잠을 자지 않는 공간이니 내가 있기에 적당한 곳이었다. 우리는 가게에 들어가 마주 앉았다.

"이름이 진짜 담이야? 집에 있는 그 담?"

고개를 끄덕이며 햄버거를 먹는 담의 눈은 아직도 잠이 덜 깬 것 같았다.

"신기한 이름이다……."

나는 바짝 튀긴 감자 중 가장 짧은 것을 골라 말과 함께 입속으로 밀어 넣었다.

"애들이 정답이라고 놀려. 정담, 정답, 비슷하지?"

"그러네. 그래서 넌 항상 정답이야?"

"응?"

담이 무슨 뜻인지 되물었다.

"항상 정답처럼 사느냐고."

"……아니. 오히려 담을 쌓고 살지. 내 이름처럼."

담이 천천히 먹던 햄버거를 다 먹지 못하고 내려놨다.

"담이라……. 심오하다. 요즘은 담이 별로 없잖아. 아파트가 많아서 말이야."

"아니지. 더 높고 꽉 막힌 담이겠지. 무지 단단한 담."

"단단한 담?"

내 물음에 담이 고개를 끄덕였다.

우리는 얼음이 녹은 밍밍한 콜라를 들이켰다. 단단한 담이 무엇인지 다시 묻지 않아도, 애써 설명하지 않아도 알 것 같았다.

먹다 남은 햄버거와 거의 손도 대지 않은 감자튀김이 차갑게 식어 가고 있었지만 우리는 자리에서 일어나지 않았다. 두 고딩이 할 일 많은 시간에 할 일 없이 앉아 노닥거리는 셈이었다. 그 와중에 다시 눈이 아파 오기 시작했다.

"너 눈이 빨개."

"알아."

주섬주섬 가방에서 안약과 휴지를 꺼냈다.

약물과 눈물이 뒤엉켜 쏟아졌다. 콧물도 흘렀다. 크게 소리 내 코를 풀고 나서야 눈도 코도 조금 시원해졌다.

"괜찮아?"

담이 물었다.

"괜찮아."

"너 우는 거야?"

그래도 눈물은 멈추지 않았다.

"괜찮아, 늘 그래."

눈물을 휴지로 훔치며 눈을 비볐다.

"눈이 더 빨개졌어."

"잠을 못 자서 그래. 눈도 잠을 자야 쉴 수가 있다나? 눈이 제발 살려 달라고 우는 거야."

"그럼 가자."

담이 의자에서 벌떡 일어섰다.

"어디?"

담을 올려다봤다.

"자야 된다면서. 얼른 집에 가서 자야지."

"난 또 뭐라고. 어차피 집에 가도 못 자."

"못 잔다고? 왜?"

담이 다시 자리에 앉았다. 바짝 의자를 끌어당기는 바람에 담의 얼굴이 가까워졌다.

"응. 난 잠을 못 자. 아마 못 자서 죽을지도 몰라. 잠 못 자면 죽는 거 알아?"

일부러 몸을 뒤로 빼 등받이에 등을 기댔다. 딱, 담이 다가온 만큼 멀어졌다.

"잠을 못 자면 죽는대? 나는 잠을 너무 자서 죽을 것 같은데."

담은 시도 때도 없이 잠이 든다고 했다. 길을 가다가도, 티브이를 보다가도, 음식을 먹다가도, 심지어 운동을 하다가도 잠이 든다고 했다. 그렇게 잠이 들면 한동안은 절대로 깨지 않는다니 담의 잠은 단단한 게 틀림없다.

"밤에는?"

"당연히 밤에도 자지. 난 항상 잠과 함께 있어. 잠이 날 죽일지도 몰라."

"설마……."

"진짜야. 길을 걷다가 졸아서 차에 치일 뻔한 적도 있어. 그때 죽어야 했는데……."

"야, 무슨 그런 소리를 하냐?"

버럭 소리를 질렀지만 내가 수도 없이 했던 말이었다.

우린 또 그렇게 말없이 앉아 있었다. 말은 이어졌다 끊어지기를 반복했다. 마치 막 사귄 연인 같았다. 시도 때도 없이 잠을 자야 하는 아이와 도무지 잠을 잘 수 없는 아이라니 사귈 수나 있을지 모르겠다.

담은 분명히 내 취향은 아니었다. 눈은 졸린 듯 계속 희미하게 뜨고 있었고, 행동은 느렸으며, 도무지 적극적인 게 하나도 없었다. 심지어 콜라를 마실 때도 그랬다. 지칠 대로 지쳐서 빨대로 콜라를 빨아올리는 것조차 힘들어 보였다.

"가자."

내가 먼저 일어섰다.

녀석도 따라 일어섰다. 천천히 움직이면서도 주섬주섬 가방을 챙기는 것은 잊지 않았다.

길게 하품이 나왔다.

"졸리긴 하나 보다?"

담이 나를 보았다.

"당연하지. 항상 졸려. 그런데 어느 순간 잠을 잘 수가 없게 되었어. 아무리 약을 먹어도 깊게 잘 수가 없어. 잠깐 잠이 들었다가도 깜짝 놀라서 깨. 온몸을 떨면서 깬다니까. 깨고 나면 가슴이 막 뛰어."

"나도 그런 적 있는데."

"왜 그런지는 모르겠어. 자려고 마음을 먹으면 점점 정신이 또렷해져. 누군가 날 노려보고 있는 것 같아. 내가 눈을 감는 그 순간을 지켜보다가 잠이 드는 순간 내 목을 꽉 물어뜯을 것 같아."

"죽을까 봐 무서워서 못 자는 거야? 그냥 무시하고 자 버려. 아무도 널 죽이지 않을 거야."

담이 앞서 걸으며 말했다.

"누군가 날 노려보고 있는데? 진짜 죽일지도 몰라."

"죽는 게 무서워?"

"아니, 죽는 게 무섭지는 않은데 자다가 죽으면 억울하지. 내가 지금 죽는지도 모르고 죽는 거니까."

"난 긴장하면 잠이 들어. 절대로 자면 안 된다고 생각하면 할수록 더 잠이 와. 누군가 날 지켜보면 차라리 잠들어 버려. 그럼 무섭지가 않거든. 그러니까 잠이 들었을 때 죽어 버리는 게 나아. 적어도 아프지는 않을 거 아냐."

담은 잠 속에서조차 자기를 포기한 겁쟁이 같았다.

어느새 우리는 전철역에 도착했다.

그때 요란하게 핸드폰이 울렸다. 담의 가방 속이었다.

담은 놀라면서 가방을 앞으로 돌려 뒤지기 시작했다. 핸드폰 소리는 점점 크게 들렸고, 담은 허둥대기 시작했다. 허둥댈수록 핸드폰은 금방 찾아지지 않았다.

담은 가방 속에서 공책을 꺼내고, 책을 꺼내는가 싶더니 아예 가방을 훌러덩 거꾸로 들어 흔들었다. 가방에 들었던 것들이 바닥으로 한꺼번에 쏟아지기 시작했다.

필통이, 필통에 미처 담지 않은 볼펜이, 지우개가, 한쪽 귀퉁이가 찢어진 노트가, 노트에 비해 깨끗하기만 한 책들이 우르르 쏟아졌다. 그래도 핸드폰은 나오지 않았다. 담은 거의 울 것 같은 표정이었다.

가까스로 담은 가방 옆 주머니에 들어 있는 핸드폰을 찾아냈다. 핸드폰에서 울리던 소리가 마침 끊겼다. 담은 서둘러 부재중 전화를 확인하고 바로 전화를 걸었다.

"저예요."

"……."

핸드폰 너머로 남자 목소리가 들렸다.

"아, 아니에요. 자, 자다가 전철에서 내리지 못했어요."

"……."

"지, 지금 갈 거예요. 괜찮다니까요. 진짜예요!"

그러고도 한참 남자의 목소리가 들렸다. 담은 가끔 "네"라고 대답했다.

"가야 돼……."

담이 잔뜩 실망한 목소리로 말했다.

"가야지……."

내가 덧붙여 말했다.

담은 바닥에 떨어진 물건들을 하나둘씩 챙겨서 가방 속에 넣었다.

담과 나는 다시 전철을 탔다. 두어 정거장 지나서 자리가 났다. 한사코 싫다는 녀석을 밀어붙이듯 자리에 앉혔다. 녀석은 아까부터 맞은편 창을 바라보고 있었다. 너무도 열심히 바라보고 있어서 내가 알고 있는 풍경이 아닌지 고개를 돌려 확인했다. 맞은편 창은 내가 알고 있는 것처럼 새까맸다. 까맣고, 시커멓고, 검은 창들이 줄줄이 나열되어 있었다. 지상으로 나오지 않는 한 계속 그럴 거였다.

다행히 담의 옆자리가 비었다. 나는 서둘러 자리에 앉았다. 내가 내릴 역이었지만 지금은 앉고 싶었다.

"난 아빠가 무서워."

담이 고백하듯 속삭였다.

마치 사랑 고백이라도 하듯 달달한 목소리가 새어 나왔다. 더듬지도 않고, 조금도 망설이지 않았다. 담을 만나고 처음으로 느껴 보는 편안한 목소리에 살짝 고개를 돌려 녀석을 바라봤다. 살벌한 고백과는 다르게 얼굴은 편해 보였다.

"처음으로 갑자기 잠이 들었을 때가 생각나. 그때 난 옷장 속에 있었어. 밖이 너무도 소란스러웠거든."

"옷장?"

의외의 장소가 나와서 묻지 않을 수 없었다. 가만히 듣기만 하려고 했는데.

"난 옷장이 좋아."

"왜?"

"이상하게 거기에 들어가면 편안해. 왠지 세상에서 가장 안전한 것 같거든."

"그래? 생각해 보니까 그런 것 같기도 하다."

"너도 들어가 봐. 혹시 거기에서는 잠이 올 수도 있잖아."

"그런가……."

내 방 옷장이 떠올랐다. 내 한 몸을 넣기에는 좁지 않을 것 같기도 하고 턱없이 좁을 것 같기도 했다.

"거기서 떨고 있었어."

왜냐고 묻지 않았다. 녀석이 그때 떨고 있었다면 그럴 만한 이유가 있었을 것이다.

"밖에서는 무시무시한 괴물이 집을 때려 부수고 있었거든. 무엇인가 깨지고, 부딪치는 소리가 들렸어. 물건도, 사람도 미친 듯이 소리를 질러 댔지. 그리고……."

녀석을 다시 바라봤다. 담 옆에 앉은 아저씨가 힐끔거리다 나와 눈이 마주쳤다. 아저씨는 서둘러 내 눈을 피했다. 담은 주변의 호기심에 관심이 없는 듯했다.

"마침내 그 괴물이 나를 향해 다가오고 있었어. 한 발, 한 발, 난 똑똑히 기억하고 있어. 그 소리를."

"그래서 죽였어?"

"괴물을?"

담이 나에게 묻고는 씨익 웃었다. 내 질문이 꽤 쓸모가 있는 듯했다.

"아니. 괴물이 오기 전에 내가 잠이 들어 버린 거야. 그때부터 계속 이래."

담이 옆에 앉은 아저씨를 그제야 돌아봤다. 아저씨는 이미 다른 곳을 보는 척하고 있었다.

"그 괴물, 아직도 살아 있어?"

내가 물었다.

담은 대답하지 않았다.

우리는 전철에서 내리지 않았다. 내려야 하는 곳을 모르는 것처럼 그냥 그렇게 앉아 있었다.

전철은 지하를 빠져나왔고 나와 담은 한강을 세 번째 건넜다. 잠이 든 녀석과 처음 건넜고, 잠에서 깬 녀석과 다시 건넜다. 이제는 막 사귄 친구가 되어서 건너는 중이다. 갈아타야 하는 곳이 계속 나왔지만 우리는 전철에서 내리지도 갈아타지도 않았다. 다행히 이 전철은 순환선이었고 우리가 마음만 먹는다면 오늘이 가기 전까지는 여기에서 내리지 않아도 된다.

담과 나는 많은 이야기를 주고받았다. 학교, 친구, 요즘 자주 보는 유튜브에 대해서도 이야기했다. 주로 연예인 이야기였지만 비슷했다. 담과 학년은 같았지만 내가 생일이 더 빠르다는 걸 알게 되었다. 학교나 친구, 유튜브 영상만큼 중요한 건 아니었다. 우리가 하는 시시콜콜한 말들은 딱히 하고 싶어서 하는 말은 아니었다. 그저 여기에 있고 싶었고, 이 전철을 계속 타고 있으려면 무엇이든 떠들어야 했다.

전철이 천천히 신도림역에 도착했다. 많은 사람이 내렸고 그보다 많은 사람이 탔다.

맞은편에 연인으로 보이는 남자와 여자가 앉았다. 둘은 들어올 때부터 말다툼을 하고 있었다. 남자와 여자는 꽤 큰 소리로 다퉜기 때문에 무슨 이유로 싸우는지 그 칸에 있는 사람이 다 알 수 있었다.

여자는 간밤에 다른 곳에서 잔 것 같았고 남자는 어디에서 잤는지를 추궁하는 중이었다. 중간중간 남자 입에서 이름들이 튀어나왔다. 어떤 년이 나왔고, 그 새끼도 나왔다. 그보다 더한 욕이 나오고 있었다. 사람들은 연인을 힐끔거렸고 싸우는 연인은 전철 안의 사람들을 신경 쓰지 않았다. 남자는 거칠었고 여자도 마찬가지였다. 그러니까 그들은 거칠게 대화를 하고 있었다. 나는 그들이 하찮았고 그래서 웃음이 새어 나왔다. 녀석도 그러한지 확인하고 싶었다.

담의 어깨가 미세하게 흔들리고 있었다. 담은 떨고 있었다. 눈을 동그랗게 뜨고 맞은편 연인을 뚫어지게 쳐다보고 있었다.

나는 살짝 담의 팔을 잡고 흔들었다. 담이 빳빳하게 고개를 세운 채 머리를 돌려 나를 쳐다봤지만 금세 다시 연인을 보았다. 시선을 떼면 큰일이라도 날 것처럼 눈을 돌리지 못했다.

"정담, 나 좀 봐."

나는 담에게 속삭였다.

"정담……."

내 말이 끝나기도 전에 맞은편에서 새된 소리가 튀어나왔다.

"뭘 봐! 이 새끼야."

담을 보고 말하는 것이었다.

"아, 아니에요……."

얼어붙은 담 대신 내가 대꾸했다.

"아니긴 뭐가 아니야? 너 이게 재밌어?"

남자는 나의 궁색한 대꾸에 더 화가 난 것 같았다.

"정담, 나 보라고!"

내가 크게 소리를 질렀다. 동시에 남자가 자리에서 일어섰다.

"야!"

그때였다. 담의 고개가 내 어깨에 툭 떨어진 게.

사는 게 연극처럼 느껴질 때가 있다. 엄마와 함께 갔던 학원 상담은 연극의 결정판이었다. 상담을 받는 동안 엄마는 세상에서 가장 교양 있는 학부모였다. 영재급 두뇌를 가진 딸의 미래를 걱정하지만 극성스럽지는 않은 학부모 연기를 썩 잘해 냈다. 나는 종종 연극을 보는 관객이 되어 그 순간을 저장했다. 그리고 엄마가 날 아프게 할 때 그 가식에 대해서 맹렬히 공격했다. 날 아프게 한 만큼 돌려주고 싶었다. 말은 점점 더 뾰족해졌고 행동도 난폭해졌다. 처음에는 책상 위에 놓인 작은 물건을 집어 던지거나 베개를 패대기치는 정도였다.

그러던 어느 날 잔소리를 마구 쏟아 내는 엄마를 온몸으로 밀어 버렸다. 엄마는 넘어지면서 방바닥을 짚다가 팔이 부러졌다. 엄마는 이게 다 실수고 우연한 일이라고 말했다. 그러니까 별일이 아닌 것이고 별일이 아니니까 엄마와 나만의 비밀로 하자고 했다.

하지만 나는 더 자주 화가 났고 점점 화를 참을 수 없게 되었다. 엄마 팔을 세게 잡아서 팔뚝에는 멍이 가시질 않았다. 내가 던진 물건에 엄마가 맞기도 했다. 엄마와 나의 비밀은 점점 많아졌고 아무렇지 않은 척하는 우리의 연기도 무르익었다. 내가 잠을 못 자게 된 것도 그 무렵이었다.

담의 연기도 완벽했다. 타이밍이 절묘했으며 누가 봐도 기절한 것 같았다. 녀석의 10파운드짜리 머리는 또다시 나를 난감하게 만들었다.

"야, 일어나 봐. 정담……."

담을 흔들어 봤지만 가늘게 눈을 떴다가도 바로 감아 버렸다. 마치 술에 잔뜩 취해서 정신을 잃은 사람 같았다. 녀석은 내가 흔들면 흔들렸고, 내가 이름을 부르면 잠시 반응했지만 잠에서 깨지는 않았다.

"야아……."

자꾸만 내게 기대는 담의 몸을 받치며 맞은편 남자의 눈치를 살폈다. 서 있던 아줌마가 참견했다.

"기절한 거 아니니?"

"아니에요. 잠이 든 거예요."

"잔다고? 지금 잠이 든 거라고?"

"네. 얘가 가끔 이래요."

"어머, 별일이네……."

맞은편 여자가 남자를 잡았고 남자는 마지못해 자리에 다시 앉았다.

"지금 몇 신데 학교에도 안 가고 여기에 있어? 너희들 어느 학교 다녀? 응?"

남자가 소리치자 여자가 말렸다.

"쫄아서 기절했네. 쪼다 같은 새끼!"

남자는 전철에서 내리는 순간까지 악담을 쏟아 냈다. 막 전철에 탄 사람들은 우리가 대단히 잘못해서 혼이 나는 거라고 생각할 것 같았다. 그러든지 말든지 나는 아무것도 들리지 않는 척 외면했다.

남자와 여자는 사라졌고 서 있는 사람도 많지 않았다. 싸우는 연인이 사라지자 급격하게 피곤이 몰려왔다. 아주 잠깐 녀석을 만난 게 후회됐다. 녀석을 버리고 전철에서 내려야 하나 고민하고 있을 때였다.

담이 거짓말처럼 고개를 들었다.

"너 뭐냐?"

내가 묻자 담이 고개를 숙였다.

"또 잠이 들어 버렸어."

"뭐야? 진짜 잠이 든 거야? 연기 아니었어?"

"내가 잠이 들 거라는 걸 처음으로 알았어."

"무슨 소리야?"

"원래는 잠이 깨서야 잠이 들어 버린 걸 알거든."

녀석이 힘없이 대답했다. 내가 자기를 비난한다고 생각하는 것 같았다.

"완전 치사하네. 불리할 때마다 잠이 들어 버리면 되는 거잖아. 도망가는 수단으로는 최곤데."

"미안해……."

"됐어. 대신 욕 좀 먹었을 뿐이야. 그깟 욕쯤이야 뭐 별일도 아니지."

"무서웠지?"

담이 걱정이 가득한 눈으로 나를 바라봤다.

"저딴 게 뭐가 무섭냐? 그냥 양아치잖아."

"용감하네."

"너 같은 겁쟁이는 아니거든."

"그, 근데 왜 자꾸 우는 거야?"

그러고 보니 남자가 자리에서 일어설 때부터 나는 울고 있었다. 잠을 제대로 못 자면서 나의 눈물샘이 고장 나 버렸다. 시도 때도 없이 눈물이 흘렀다. 엄마에게 악다구니를 퍼부을 때도 눈물이 났다. 베개를 패대기칠 때도 눈물이 났다. 엄마의 팔을 잡고 흔들 때도 눈물이 났다. 물건을 집어 던질 때도 눈물이 났다. 나의 눈물은 체면도 없고 염치도 없이 흘러내렸다. 때와 장소를 가리지 못하는 형편없는 것이었다.

"이 약 먹고 자."

드디어 엄마가 잠을 선택했다.

"필요 없어."

"그럼 어떻게 할 건데? 잠 안 자면 죽는다고 하잖아. 공부하란 소리는 안 할 테니까 약 먹고 자."

"차라리 죽으라고 해!"

체중과 눈물이 같은 속도로 내 몸에서 빠져나가고 있었다. 하지만 나는 어떤 약도 선택하지 않았다. 어디까지 견딜 수 있는지 알고 싶었다. 아니, 엄마에게 조금씩 죽어 가는 나를 보여 주고 싶은 것인지도 모르겠다.

소매로 눈물을 쓱 닦아 내고 크게 하품을 했다. 다시 눈물이 찔끔 나왔다. 그래도 조금은 개운했다.

"여기서 잠깐이라도 자라."

담이 어깨를 내밀었다.

"됐거든!"

"아냐, 아깐 고마웠어. 처음으로 잠들어 버리면 안 된다고 생각했어. 그 소리가 나한테 들렸다니까. 네가 말하는 소리가 들렸어. 처음으로 빨리 깨야 한다고 내 안에서 말하더라. 잠이 들면 아무것도 기억나지 않는데, 죽는 거랑 똑같은데, 모든 게 기억났어. 울고 있는 너도, 주변의 소리도……. 그래서 빨리 깰 수 있었어. 내가 스스로 깨어난 거야. 내가 그렇게 자 버리면 너는 계속 울고 있을 테니까."

녀석이 진지하게 말했다.

민망하게 하품이 또 터져 나왔다.

"여기가 옷장이라고 상상해. 아무도 널 노려보지 않을 거야. 왜냐면 내가 그 옷장 문을 단단히 잡고 있을 거니까."

녀석이 또렷하게 날 쳐다봤다. 낯선 아이가 더 낯설게 느껴졌다. 왠지 녀석을 잘 알고 있는데 지금만 낯설게 느껴지는 건가?

"……전화 와."

담의 핸드폰 벨 소리가 날 덜 민망하게 만들어 줬다.

담은 이번에는 천천히 가방을 뒤졌다. 한번에 핸드폰을 찾아내 전원 스위치를 꾹 눌러서 꺼 버렸다.

그리고 담의 어깨가 내 어깨에 닿았다. 모든 감각이 그곳에 집중되는 것 같았다. 잠이 올 것 같진 않지만 담의 어깨에 내 머리를 얹었다.

지금은 부엉이처럼 눈을 부릅뜨고 어둠을 째려보면서 울지 않아도 되고, 고양이처럼 살살 걸으며 울지 않아도 된다. 뱀처럼 방바닥을 기어 다니면서 울지 않아도 되고, 기린처럼 목을 빼고 건넛방 기척에 신경 쓰며 울지 않아도 된다. 한밤중 냉장고 문을 열고 허기에 지친 하이에나처럼 음식을 파먹으며 울지 않아도 된다. 지금은 그냥 잠이 들면 된다. 누군가 단단하게 이 잠을 지키고 있을 테니까.

전철은 비슷한 진동으로 흔들렸다. 맞은편 천장에 매달린 손잡이도 그에 따라 움직였다. 차창은 파노라마처럼 까만 화면만을 재

생했다. 그곳에는 무덤같이 동그란 10파운드짜리 머리들도 올망졸망 모여 있었다. 그저 까만 화면만 있는 게 아니었다.

그렇게 나는 조금씩 잠이 들기 시작했다.

다음 역을 알리는 목소리가 아득히 멀어지고 있었다.

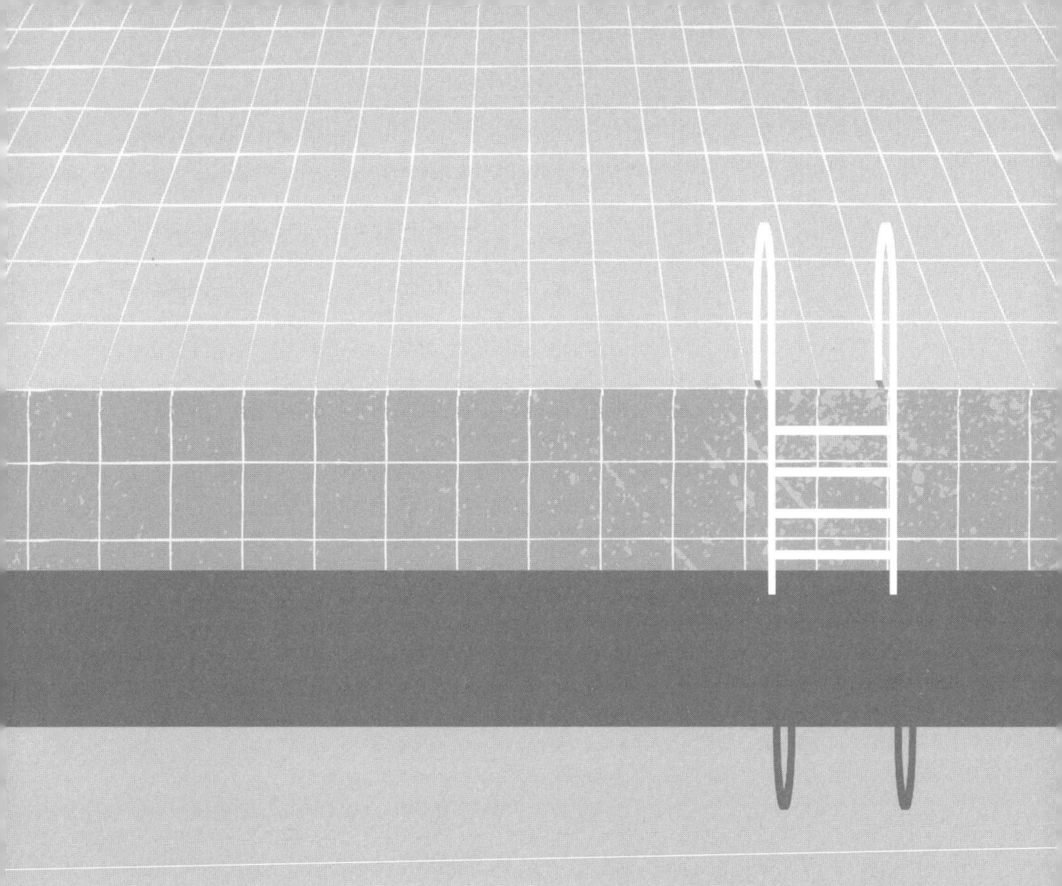

개와 늑대의 시간을 달리다

—

햇살이 강했다. 복도 창가에 서서 밖을 내다봤다. 나도 모르게 눈살을 찌푸렸다. 시야가 순식간에 하얘졌다가 서서히 운동장이 보였다. 제 모습을 찾은 풍경 속에 녀석이 있었다.

황태수.

며칠 전 태수한테 맞은 뒤통수가 아직도 얼얼한 것 같다.

오늘도 태수는 뛰고 있다.

파란색 짧은 팬츠 밑으로 단단한 넓적다리가 규칙적으로 움직였다. 꼿꼿하게 편 허리 옆으로 박자를 맞추며 흔들리는 이두박근은 조금의 흐트러짐도 없다. 몸쪽으로 끌어당긴 턱선은 녀석의 고집을 고대로 닮아 있다. 녀석의 정수리 위로 바람 한 점 없이 쨍한 하늘이 눈부셨다. 태수의 누런 나이키 운동화가 땅을 디딜 때마다 작은 먼지가 일었다.

내 눈에 이 모든 것이 보였다. 마치 투시력을 가진 초능력자처럼 녀석의 모든 것이 눈앞에 펼쳐졌다. 근육의 작은 떨림은 물론이고 녀석의 주변으로 흩어지는 공기의 파장까지 보일 정도였다. 뛸 때마다 나오는 더운 입김이 바로 옆에서 느껴지는 것 같았다.

잠시 뒤 녀석은 모든 움직임을 멈췄다. 곧게 편 무릎에 양손을 얹고 등을 둥글게 만 채 헐떡거렸다. 그러고는 천천히 등을 세우더니 나를 바라보았다. 더 천천히 이마에 손을 올려 그늘을 만들었다. 그 순간 나도 모르게 창 아래로 주저앉았다.

두근두근.

가슴이 뛰었다.

나를 알아봤을까?

또 맞을까 봐 가슴이 뛰는 게 아니었다. 무엇 때문에 뛰는지 알 수가 없었다.

떨림. 이건 순전히 떨림이다.

서둘러 교실로 돌아왔다. 온몸이 진정되지 않는다.

"왜 그래? 무슨 일 있어?"

지호가 물었다.

"왜?"

시비조로 되물었다.

"놀란 토끼 새끼처럼 뛰어왔잖아. 밖에서 뭔 일 있었냐고?"

"아, 몰라. 꺼져!"

"왜 그러는데? 우리 현이 놀랐을 때는 그럴 만한 일이 있는 거지. 그게 뭘까?"

"지금 농담할 기분 아니거든."

내가 정색을 하자 지호도 심상치 않다고 여겼는지 자리로 돌아갔다. 지호가 멀어지고 나서도 뛰는 가슴이 진정되지 않았다.

아침 조회 시간이 다가오자 태수가 교실로 들어왔다. 뒤돌아보지 않아도 녀석이 이곳에 있다는 걸 알 수 있었다. 녀석의 땀 냄새가 진동했다. 수업 내내 몽롱했다. 볼펜을 든 손이 미세하게 떨렸고 선생님 말소리도 바람처럼 지나갔다. 모든 풍경이 마치 영화 속의 슬로모션처럼 천천히 흘렀다.

모든 것이 엉망이다.

다음 날 잠에서 깼을 때 처음 든 생각이다. 인생에서 세 가지만 있으면 성공한 인생이라고 했다. 아쉬운 소리를 하지 않을 만큼의

돈과 무엇이라도 털어놓을 수 있는 친구와 이런 생각을 할 수 있는 시간이다. 그러니까 나는 오늘을 버틸 만큼 용돈이 있고, 당장이라도 지금 심정을 털어놓는다고 해도 들어줄 지호가 있다. 구박은 좀 하겠지만. 게다가 누워서 이런 쓸데없는 생각을 할 수 있는 시간까지 있는 셈이다. 그러니까 좀 전까지는 성공한 인생이란 말이다.

하지만 모든 것이 흔들렸다. 성공한 세 가지가 너무도 하찮은 아침이다. 무탈했던 16년 내 인생이 송두리째 흔들리는 오늘을 맞이한 것이다.

간신히 일어나 아침도 거르고 학교로 향했다. 가방의 무게가 내 인생의 무게처럼 무겁게 느껴졌다.

"우리 현이 웬일이야? 오늘부터 지각을 안 하기로 한 거야?"

학교가 가까워질 때쯤 인생의 무게를 더해 주는 녀석이 나타났다. 지호가 달려와 내 가방에 매달리듯 나를 부둥켜안았다.

"무겁다. 떨어져라……."

"오, 이 시크함은 뭘까? 우리 현이 확실히 뭔가 달라졌단 말이지."

"개소리하지 말고 떨어져라. 경고다."

"흠…… 물리기 전에 조심해야겠군. 그나저나 우리 현이, 어제는 내 전화를 왜 씹은 거지?"

지호는 요구르트를 꺼내더니 바로 쪽쪽대기 시작했다. 순식간에 흡입한 요구르트가 아쉬운지 쪽쪽거리는 소리가 점점 커졌다. 그 소리가 몹시도 거슬렸다.

"그만 빨아라."

"오호, 역시 예민하군. 무슨 일이야? 말해 봐. 혹시 알아? 엄청난 해법을 즉시 대출해 줄지?"

"진짜?"

나도 모르게 응답했다.

"그럼. 진짜지!"

지호를 보자 한숨부터 나왔다. 머리를 흔들었다. 너무 답답한 나머지 제정신이 아니었다.

"어허, 날 못 믿는 거야? 해법은 멀리 있지 않다고. 밑지는 셈 치고 말해 봐."

그래서 묻고 말았다. 순전히 밑지는 셈 치고 말이다.

"매일 보던 애를 보고 갑자기 가슴이 막 뛴 적 있어?"

"아하, 그런 거라면 진즉에 물었어야지! 당연히 있을 수 있는 일이지."

"매일 보던 앤데?"

"매일 보았지만, 오늘 그 애는 어제의 그 애가 아니니까."

"뭔 소리야?"

"네 가슴이 뛰던 순간의 그 애는 어제의 그 애가 아니란 말이야. 그 애는 너한테 앞으로, 여어엉……원히, 어제의 그 애가 될 수 없다는 얘기고."

"그럼 그 애가 뭐가 되는데?"

"사랑이지!"

"뭐? 사랑?"

나도 모르게 쇳소리가 튀어나왔다. 입에서 나올 쇠가 있다면 당장 튀어나와 이딴 소리나 하는 지호의 가슴팍을 쳤을 거다.

"그렇지! 사랑!"

지호는 확신에 찬 소리로 반복했다.

"뭔 사랑이야? 갑자기?"

"원래 사랑은 갑자기 당하는 교통사고 같은 거라고. 마음의 교통사고, 모르겠어?"

"됐다, 됐어. 그만하자. 내가 미친 소리 했다고 생각해라."

"오호, 형제. 내가 말하는 증상이 맞으면 사랑이라고 인정할래?"

아무 말도 하지 못했다. 지호를 믿어서가 아니라 그저 궁금했을 뿐이다.

"그 애를 본 순간 모든 것이 정지된 것처럼 느껴졌다!"

고개를 들 수 없었다.

"그 애의 작은 움직임까지 알아챌 수 있다!"

아니다. 절대로 아니다.

"멀리서도 그 애의 냄새를 맡을 수 있다!"

인정할 수 없다. 무엇인가 대단히 잘못되었다.

"나보다 내 심장이 먼저 알아챘다! 그러니까 너의 심장은 적어도 너보다 솔직한 거지. 누구냐? 설마……, 은수?"

그냥 달렸다. 지호가 날 부르든 말든 상관없었다.

나는 열여섯 살 평범한 남자애다. 그동안 여자 친구를 사귀지 않은 것은 남자가 좋아서가 아니었다. 그저 관심이 없었을 뿐이다. 그런 내가 태수를 좋아한다고? 그 불한당해파리풀나발 같은 놈을? 믿을 수 없는 일이다.

며칠 전 태수를 홍제천 산책로에서 만났다. 때는 개와 늑대의 시간이었다. 그러니까 밤새 게임을 하고 날이 밝기 전 어스름한 새벽이었다. 서둘러 자전거를 끌고 나왔다. 나의 무력함을 확인하고 싶지 않아서 선택한 시간이었다. 오늘 마주할 태양이 도시 끝에서 안간힘을 쓸 때 태수는 뛰고 있었다. 녀석이 개인지 늑대인지 헷갈릴 때 파란색 팬츠를 본 것이다. 녀석의 트레이드마크 같은 그 빌어먹을 팬츠 말이다.

녀석이 이 시간에 여기서 뛰고 있을 줄은 예상하지 못했다. 내가 이 시간에 자전거를 타게 될 줄 몰랐던 것처럼. 따지고 보면 마음의 교통사고는 그때 벌어진 것이다.

나는 천천히 녀석의 뒤를 따라갔다. 꼭두새벽에 달리는 인간들이 이렇게 많다니, 새삼 내가 사는 세상의 시간과 이들이 사는 시간이 다르게 흐른다는 걸 깨달았다. 태수 역시 내가 사는 세상을 사는 인간은 아니었다.

나는 생소한 느낌으로 녀석을 보았다. 녀석이 뛰는 모습에서 낯선 감정을 느꼈다. 그땐 그런 감정이 녀석 때문이라고 생각하지 못했다. 나는 밤새 게임을 하다가 나와서 자전거를 타는데, 누군가는 그 시간에 생산적인 활동을 하고 있다는 데서 오는 자괴감이랄까, 부끄러움 같은 걸로 생각했다.

천천히 일정한 속도로 녀석의 뒤를 따라갔다. 조금의 흐트러짐도 없이 뛰던 녀석이 멈칫하며 뒤돌아본 순간 나의 자전거는 전혀 줄어들지 않은 속도로 녀석의 종아리를 들이받고 말았다. 그야말로 교통사고가 난 것이다.

"아씨! 어떤 놈이 계속 따라오나 했더니 너였어?"

고꾸라진 녀석이 나를 올려다봤다. 종아리를 잡고 있는 팔뚝 근육이 살아났다. 쭉 뺀 목을 따라서 굵은 힘줄이 불거졌다. 녀석의 모든 근육이 화가 난 것처럼 보였다.

"아, 미안……."

자빠진 자전거를 세우며 사과했다.

"어쩐지 뒤통수가 간지럽더라니. 고양이 새끼처럼 왜 뒤를 밟고 지랄이야!"

"괜찮아?"

녀석을 빤히 바라보며 물었다.

"안 괜찮거든! 근데 보고만 있냐?"

"으응?"

"자빠뜨렸으면 일어나는 걸 도와줘야 할 거 아냐. 새끼가 예의가 없네……."

마지막 말을 삼키며 녀석이 일어섰다. 그 순간 나도 모르게 잡고 있던 내 자전거를 팽개치고 태수 팔을 잡았다. 단단함이 고스란히 느껴졌다.

"와, 너 순발력 하나는 끝내준다. 그렇다고 자전거를 저렇게 패대기치냐?"

그 말에 팔을 놓았고 태수는 다시 한번 바닥에 쓰러졌다. 결국 나는 자전거도 태수도 보기 좋게 넘어뜨리고 말았다.

태수는 어이없다는 표정으로 일어났고, 일어나자마자 내 뒤통수를 냅다 갈겼다. 까진 자기 종아리에 비하면 약한 복수라는 말도 잊지 않았다.

나는 어쩔 수 없이 태수를 내 자전거 뒷자리에 태웠다.

처음부터 태수가 파란색 팬츠를 입고 뛴 것은 아니었다. 언제부턴가 태수는 교복을 입은 채 매일 아침 학교 운동장을 뛰었다. 하루 이틀, 태수의 달리기는 계속되었다. 태수를 따라 같이 뛰는 놈들이 하나둘 늘었다. 몇몇은 며칠 뛰다가 그만두었고 몇몇은 할 일 없을 때 가끔 뛰었다. 그러자 선생님들도 태수를 칭찬하기 시작했다. 요즘 아이들은 운동을 제대로 할 줄 모른다면서 태수의 부지

런함과 끈기를 본받으라고 했다.

선생님의 칭찬은 이내 반작용을 불러왔다. 누군가는 태수 머리가 이상해져서 뛰는 거라고 했다. 누군가는 태수의 가정환경이 불우해서 그걸 잊으려고 뛰는 거라고 했다. 또 누군가는 태수가 죽지 않으려고 뛰는 거라고도 했다. 육상부가 따로 없는 우리 학교에서 매일 아침 뛰고 있는 태수는 그만큼 낯선 존재였다. 소문은 무럭무럭 자랐지만 태수의 반응은 시원찮았다. 여전히 뛸 뿐이었다.

그러던 어느 날, 녀석이 그 파란색 팬츠를 입고 뛰었다. 하얀 티셔츠에 조막만 한 팬츠를 입고 뛰는 태수는 모두의 환호성을 받기에 충분했다. 남자애들만 다니는 학교라고 해서 녀석의 짧은 팬츠가 그저 그런 일은 아니었다. 등교하는 아이들은 태수의 모습에 시선을 빼앗겼고 선생님들도 흥미롭다는 듯이 지켜보았다. 운동복을 입고 달리는 게 딱히 복장 불량도 아니었고, 달리기 자체는 더더욱 문제가 없었기에 그걸 말릴 명분도 없었다. 스파이더맨에게 생긴 쫄쫄이처럼, 슈퍼맨의 빨강 망토처럼 그럴싸한 복장을 장착하자 태수는 제대로 달리기 시작했고 누구도 태수의 속도를 따라잡지 못했다. 그렇게 우리는 모두 태수의 달리기와 파란색 팬츠에 익숙해져 갔다. 마치 이 학교에 처음 온 날부터 태수가 뛰었다고 해도 믿을 정도가 된 셈이다. 그래서 딱히 궁금하지 않았지만 이런 시간에 녀석과 단둘이 있으니 그 질문이 불현듯 떠올랐다.

"왜 그렇게 뛰는 거야?"

야트막한 언덕인지라 나도 모르게 페달에 힘을 주며 물었다.

"넌 중대한 실수를 한 거야. 이 사고로 내가 뛰지 못하게 된다면 네가 날 책임져야 할 거야."

농담 같은 말을 태수는 진지하게 내뱉었다.

"그까짓 거 책임지지 뭐."

장난 같은 말로 나도 진지하게 받아쳤다.

"그래서 뛰는 이유가 뭔데?"

"왜 너희들은 그게 궁금한 거냐?"

"매일 미친 듯이 뛰는데, 당연히 궁금하지."

조금 가파른 언덕이라 나도 모르게 소리를 질렀다. 녀석이 생각보다 무거웠다.

"전국소년체육대회!"

"뭐?"

"……."

뒤에 앉은 녀석이 조용했다. 내리막이라 녀석의 무게를 느낄 수 없었지만 녀석은 내 안장을 여전히 잡고 있었다.

"전국소년체육대회에 나갈 거야."

"그거 좋은 거냐?"

"좋은지 나쁜지 생각 안 해 봤는데."

"야! 그렇게 뛰는데 그런 것도 생각 안 하고 뛴단 말이야?"

"뭐가 좋은 건데? 나쁜 건 뭐고?"

"흠……, 고등학교 갈 때 장학금을 주거나 특기생으로 대학에 갈 수도 있지. 나쁜 건……, 아직까진 잘 모르겠다."

"와! 너 상당히 구체적이다. 그런 거에 관심 있냐?"

"나도 뭐 크게 관심은 없지……."

사실은 거짓말이다. 입시가 나의 관심사가 맞는 것 같기도 하다. 형이 서울대에 가지 않았다면 적어도 겉으로는 평균 중학생처럼 보였을지도 모른다. 지금처럼 평범한 성적을 유지하다가 평범하게 일반 고등학교에 가고 평범하게 변두리 대학에 간다 해도 크게 실패한 인생이 아니란 말이다. 그런데 잘난 형 덕분에 나는 이미 실패한 인생이 된 것 같았다. 말끝마다 엄마는 "너는 왜 그러고 사니?"를 물었고, 아빠는 "그렇게 공부하다간 결과가 빤해"라는 말로 내 인생을 결정지었다. 평범하게 살려는 내 노력은 성적에 반영

되지 않았고 나는 점점 성적과는 다른 방향으로 나아가고 있었다. 밤새 영화를 보고, 밤새 게임을 하기도 했다. 주말이면 어김없이 밤을 새웠다. 무엇인가 미친 듯이 해야 이 공백을 메울 수 있을 것만 같았다. 미친 듯이 공부하면 서울대에 갈 수 있을까? 그러면 나의 공백이 채워질까? 아무리 해도 절대 채워질 수 없는 건 아닐까? 나는 그저 평범함을 열망했다.

"그냥 뛰는 거야. 왜 뛰느냐고 다들 묻는데 진짜 그냥 뛰는 거야. 수없이 대답해 줬는데 믿지를 않아. 그냥 뛰는 건 답이 아닌가? 자기들 머리로는 그딴 게 답이 될 수 없다는 거지. 뭔가 근사한 이유가 있어야 하는 거야. 아니면 불행한 사연이라도 있어야 하는 거고. 진짜 단순하고 유치해."

녀석이 뒤에서 담담하게 말했다. 그 담담함에 말을 잃은 건 나였다.

녀석은 정말로 그냥 뛰는 거였다. 그냥 뛴다는 말을 처음 듣는 건 아니었다. 그런 대답을 했다는 얘기에 무엇인가 큰 다른 이유를 감추려는 대답이라고 생각했다. 나 역시 단순하고 유치한 그 무리였다.

우리는 완전히 떠오른 태양을 마주하며 홍제천을 벗어났고 녀석은 갈림길에서 절뚝거리며 제집을 향해 걸었다. 나는 그 자리에 서서 사라지는 녀석의 뒷모습을 한참 동안 바라보았다.

녀석은 종아리에 통증이 있었는지 며칠 동안 달리기를 멈췄다. 달리기를 하지 않는 태수는 또 그렇게 관심 대상이 되었다. 아이들은 태수에게 뛰지 않는 이유를 물었고 태수는 뛰는 이유가 '그냥'이듯이 뛰지 않는 이유도 '그냥'이라고 말했다. 창가 자리에 앉아 운동장만 바라보는 녀석을 볼 때마다 죄책감이 나를 짓눌렀다. 거창한 일도 아니고 그냥 뛰는 사소한 일마저 나 때문에 멈추게 된 며칠이 가시방석 같았다. 녀석은 그렇게 내 시선을 송두리째 가져갔고 나는 종종 태수 꿈을 꾸었다.

나의 예민한 변화를 가장 가까운 친구인 지호가 먼저 알아챘다. 지호가 소개팅을 주선한 건 순전히 나의 예민함이 욕구불만에 있다면서 처방한 거였다. 지호가 말한 은수는 그때 소개받은 고등학생이다. 도서관에서 만난 사이인데 고1이라면서 우리도 곧 고등학생이 될 테니까 미안한 일은 아니라고 했다.

태수가 다시 뛰면서 이 모든 것이 해결될 줄 알았다. 지호의 개소리는 진심으로 개에게나 할 말이라고 생각했다. 나의 죄책감이 이런 과한 감정을 불러온 거라고 애써 나 자신을 다독였다. 나는 자주 은수와 만났고 은수를 만나면서 더 자주 태수를 훔쳐보았다. 은수가 아니라 태수를 볼 때마다 녀석의 달리기 속도와 같은 속도로 나의 심장도 함께 뛰었다.

"저 새끼 언제부터 다시 뛰기 시작한 거야? 자세 한번 끝내주네. 그건 그렇고 은수가 그렇게 좋냐? 걔도 네가 좋은가 보더라."

지호는 운동장을 돌고 있는 태수를 쳐다봤다.

"누구?"

"은수 말이야, 고은수."

뛰고 있던 태수가 사라졌다. 점심시간이 얼추 끝나 가는 모양이었다.

"아, 그 누나……."

"누가 누나야? 너 은수 앞에서 누나라고 부른 건 아니지?"

"안 했거든!"

"실수로라도 누나의 '누' 자도 꺼내면 안 된다. 우리가 중3이라는 걸 알면 당장 쫓아올지도 몰라."

"그러게 왜 거짓말을 하고 그래. 누가 고등학생 소개해 달라고 했냐?"

"이거 봐라? 심사숙고해서 소개한 건데 내 성의를 이렇게 까냐? 너 지금 사랑에 빠졌다고 볼일 다 봤다 이거냐?"

"뭔 사랑이야! 그만하랬지?"

벌떡 일어서 교실을 나갔다.

"야아……."

지호의 어이없는 외침이 사그라져 갔다.

복도로 나오자 태수가 씻었는지 머리와 얼굴에 물기가 가득한 채 걸어오고 있었다.

두근두근.

내 심장은 더는 내 의도대로 뛰지 않는다.

10미터, 7미터, 5미터…….

뛰는 가슴을 부여잡았다. 녀석과 눈이 마주쳤다. 얼굴이 확 달아올랐다. 가슴에 있던 손을 얼굴에 가져가며 고개를 숙였다.

수업이 끝나자마자 지호와 함께 은수 누나를 만나기로 했다. 지호는 신나서 호들갑을 떨었다.

은수 누나는 청치마에 흰색 티를 입고 나왔다. 신경 쓰지 않은 것 같지만 은근히 신경을 쓰고 나왔다는 걸 향기에서 알 수 있었다. 장미에 박하가 살짝 섞인 향이었다.

"나 좀 기분 나빠."

은수 누나가 새침하게 말했다.

"왜 기분이 나쁜데?"

지호가 묻자 은수 누나가 눈을 흘겼다. 나 들으라고 한 소리에 지호가 대답한 것이 마음에 들지 않은 것 같았다.

"넌 왜 나왔냐?"

역시 공격적으로 지호를 다그쳤다. 하지만 지호는 뭐가 좋은지 아까부터 실실 웃어 댔다. 입 밖으로 새어 나오는 웃음을 참을 수 없는 모양이었다.

"소심한 녀석을 친구로 두면 나 같은 주인공이 반드시 있어야 한다고. 나 같은 주인공이 없으면 이런 녀석의 인생은 재미없거든. 그렇지, 친구?"

"심심해서 따라 나온 거야."

지호가 나 때문에 구박받는 게 불쌍해서 한마디 거들었다.

"심심해서 따라 나온 건 너 같은데?"

은수 누나가 나를 빤히 쳐다보며 말했다.

"나?"

"그래. 아까부터 창밖은 왜 그렇게 내다보냐? 그놈의 콜라는 앉자마자 다 마시고 얼음은 왜 그렇게 오도독오도독 씹어 먹는데? 우리 만난 지 20분이 넘었는데 나랑 눈 맞추고 얘기하는 건 지호라는 거 알고 있어? 하긴 관심 없으니까 알고 있을 턱이 없지. 이 지호?"

은수 누나가 화가 났다는 건 얼굴빛만 보고도 알 수 있었다.

"어엉?"

지호가 움찔하는 게 느껴졌다.

"너 나랑 사귈래?"

"나, 나?"

지호가 화들짝 놀라며 눈이 커졌다.

"그래, 너! 나한테 관심 있잖아. 안 그래? 오늘 이 자리도 네가 전화해서 만든 거고, 현이 핑계 대고 하루에 열두 번씩 문자 보냈잖아. 그거 나한테 관심 있다는 거거든!"

그러고 보니 지호 입에서 은수라는 이름이 자주 나왔다. 사사건건 내 행동에 은수 이름을 갖다 붙였고, 모든 게 은수 누나 때문이라고 말한 것도 지호다. 내 머릿속에 온통 태수가 있었던 것처럼 지호 머릿속에는 온통 은수 누나가 있었다. 그걸 이제야 눈치챈 것이다.

"누나, 그게 아니고……."

"누나?"

지호 말에 은수 누나가 버럭 소리를 질렀다.

"아니, 아니. 그게 아니고……."

지호가 양손을 저으며 허둥댔다. 도와 달라는 애절한 눈빛으로 나를 보았다.

"너, 너 왜 그래……. 여, 여기서 누나가 왜…… 나와……."

"시끄러워! 너희들 가만히 있어 봐."

은수 누나 눈이 이글이글 타오르고 있었다. 흡사 결정적 한 장면을 포착한 맹수 같은 눈이었다.

"그러니까 내가 누나란 말이지. 어쩐지 이상하다 싶었어. 부성고 다니는 애한테 김현은 물론이고 이지호에 대해서 물었는데 모르겠다고 했단 말이야. 현이야 워낙 조용한 녀석이라 모른다고 쳐도 이지호, 너는 모를 수가 없단 말이지."

"아냐, 아냐. 우리 부성고 다니는 거 맞거든."

지호가 양손을 저으며 대꾸했다.

"가만히 있으라고 했다. 내가 무엇인가를 결정할 때까지 닥치고 있어."

은수 누나는 호락호락한 인간이 아니었다. 빠르게 회전하는 머리로 예상되는 시나리오를 구상할 줄 알았다.

결국 지호의 거짓말은 보기 좋게 들통나 버렸다. 처음부터 내 의도가 아니었기에 나는 그 책임에서 살짝 비켜 갈 수 있었다. 물론 소개팅 당일까지 은수 누나가 고등학생인 걸 몰랐다는 내 변명과 지호의 증언이 있었기에 가능한 거였다. 지호는 그대로 은수 누나에게 끌려 나갔고 난 멍하니 빈 잔을 마주하고 있었다.

지호는 은수 누나를 좋아하고 있었다. 은수 누나를 나한테 소개해 주면서 흥분했던 녀석의 눈빛이 떠올랐다. 마치 자신의 소개팅처럼 옷은 어떻게 입고 나와라, 어떤 말은 하지 마라, 주의 사항이 하나둘이 아니었다. 나는 그 모든 걸 무시했고, 그 모든 걸 지호는 지켰다. 지호는 자기가 가장 아끼는 셔츠를 입고 나왔고 입만 열면 유치한 말을 해 대던 녀석이 더없이 진지했다. 사랑에 빠지는 인간들의 패턴을 잘 안다던 지호 녀석은 정작 자신이 사랑에 빠진 걸 알지 못했다. 우리가 자신을 잘 모르면서 잘 안다고 착각하는 것처럼.

그날 밤, 잠에서 깼을 때 여전히 새벽이었다.

꿈속에서 나는 울고 있었다. 우는 내내 내 옆에는 누군가 서 있었다. 그 여자를 보면서 우는 것 같기도 하고 그 남자를 보면서 우는 것 같기도 했다. 서 있는 사람이 남자인지 여자인지 알지 못했지만 분명한 건 서러워서 울었다는 거다. 어쨌든 혼자 울고 있는 게 아니라 다행이라고 생각했다.

왜 이런 꿈을 꾸었을까?

베갯잇이 축축했다.

선명하게 떠올랐다. 긴 시간 막연히 의심해 왔던 것들이.

나는 나를 의심하고 의심했다.

내색하지 않으려 했지만 나 자신까지 속일 수만 있다면 그러고 싶었다.

언제부터였나요?

누군가 묻는다면 나도 되묻고 싶다. 당신이 언제부터 여자를 좋아하는지, 남자를 좋아하는지를 알았느냐고. 누구도 그러한 걸 묻지 않는다. 왜? 너무도 당연한 것이라서.

어느 순간, 나는 친구들과 다르다는 걸 알았다. 나는 한번도 여자를 좋아해 본 적이 없다. 내가 좋아한 사람은 모두 남자였다. 설렘을 느낀 것도 남자였다. 이런 감정이 지극히 자연스러운 거라고 생각했다. 태권도장에서 만난 형은 멋있었고, 수학 학원의 선배는 똑똑한 척하지 않아서 좋았다.

막연한 의심을 확인한 순간 내가 가장 먼저 한 것은 감정의 차단이었다. 누군가를 좋아하는 게 두려웠다. 아무도 좋아하지 않는 것이 내가 평범하게 살길이라고 믿었다.

하지만 나는 평범하지 않았다. 미친 듯이 영화를 보고 밤을 새워 게임을 해도 잊히지 않았다. 도망가고 싶지만 도망갈 수 없다는 걸 알았을 때 처음으로 죽음을 생각했다. 남들과 다르다는 것, 평범하지 않다는 것은 열다섯, 열여섯이 감당할 수 없는 무게였다.

나도 내가 미웠다.

그런데 처음으로 이 감정이 싫지 않았다. 두렵지만, 나를 가끔 웃게 했다. 이후에 올 것이 무엇이라 해도 지금 나는 설레고 있었다.

비로소 내가 평범하게 느껴졌다. 누군가를 좋아하는 열여섯의 나는 평범한 아이였다. 태수를 보면서 이런 나를 정면으로 마주한 것이다.

서둘러 옷을 챙겨 입고 개와 늑대의 시간 속으로 달려 나갔다. 태수가 그곳에 있을지도 모른다.

나는 천천히 홍제천 산책로를 뛰기 시작했다. 조금 전에 태수가 뛰었을 길이다. 아니면 태수가 뛸 길이기도 하다. 나도 태수처럼 '그냥' 뛰기로 했다. 어떤 시간이라고 명명하지 않은 이 시간을 달리는 이들처럼 나 자신을 그 무엇이라고 이름 짓지 않기로 했다. 개로 불리든 늑대로 불리든, 나는 달라지지 않을 테니까.

안녕, 달

—

달이 내게 오던 날, 엄마가 죽었다. 천오백이 일 하고 열세 시간의 긴 잠은 그렇게 끝이 났다.

달은 내 침대 모서리에 앉아 창밖을 바라보았다. 하늘은 칠흑처럼 까맸고 아파트에 켜진 불빛은 별처럼 반짝였다.

"왜 지금이야?"

"이제야 달이 찼거든."

"나는 벌써 열일곱이 되었어."

"다 자란 건 아니지만 네가 열일곱이라는 건 알고 있어."

"그럼 왜 지금이야?"

"나중에 말해 줄게. 쉽게 알려 주면 시시하잖아……."

달은 고단한지 그대로 침대에 누웠다. 하얀 얼굴이 더 창백해 보였다.

엄마의 잠은 길었고 가족들은 지쳐 갔다. 아빠는 점점 늦게 퇴근했다. 일주일에 두 번씩 찾아오던 고모는 일주일에 한 번씩 찾아오다 한 달에 두 번, 그마저 잊곤 했다.

유라와 유라 친구들은 그런 우리 집이 편했다. 유라가 중학생이 되자, 유라와 함께 오는 친구들 얼굴이 자주 바뀌었다. 입술에 바르는 틴트 색깔은 짙어졌고, 눈썹은 숯처럼 까매졌다. 화장이 바뀌었거나 얼굴이 바뀌었지만 모두가 유라 친구들이었다.

소녀들은 고등학생이 되었고 화장품은 늘어 갔다. 내 책상 서랍 속에 일기장 대신 화장품이 자리했다. 늦은 밤, 그들의 화장품으로 화장을 하곤 했다.

"분홍색 워터 캔디가 없어졌어. 분홍색 틴트 말이야."

어느 날 유라 친구1이 말했다.

"나도 봤어. 분명히 어제까지 있었어."

유라 친구2가 말했다.

1과 2가 똑같은 말을 하자 유라가 나를 보며 말했다.

"둘 다 봤다고 하잖아. 너한테 맡긴 건데 없어졌으니까 네가 책임져야지. 책임 어떻게 지는 건지 알지? 늘 하던 방식도 괜찮고 다른 방법도 있어."

1과 2가 마주 보고 웃었다.

엄마의 옷장을 뒤졌다. 지난번에는 낙타털로 만든 카멜색 코트 주머니에서 만 원짜리 세 장과 천 원짜리 두 장을 발견했다. 운이 좋은 날이었다. 무거운 겨울옷에서는 꿉꿉한 냄새가 났다. 아무리 옷장을 열어 놓아도 냄새는 끈질기게 살아 있었다. 눈보다 코가 먼저 반응했고, 눈보다 손이 먼저 갔다. 손은 겨울옷의 무거움을 기억하며 뒤진 곳을 또다시 뒤지고 있었다. 불행히도 더 이상 돈은 나오지 않았다.

여름옷은 겉옷이 많지 않았다. 주머니가 없는 옷도 더러 있었다. 그나마 있던 주머니에서는 돈 대신 오래된 영수증이나 메모지가 나왔다. 엄마의 흔적이라며 감상할 시간 따위는 없었다.

엄마의 속옷이 든 서랍장 앞에 섰다. 세 칸짜리 서랍장에서 원하는 것을 찾을 수 있을지 모르겠지만 딱히 뒤질 곳도 없었다. 엄마의 모든 내밀함이 모여 있는 곳, 그래서 뒤지고 싶지 않았다.

속옷은 잘 정리되어 있었다. 주먹만 한 칸에 네모나게 접은 팬티가 꽂혀 있고 브래지어는 열을 맞추어 나비 날개 모양으로 포개져 있었다. 오래된 생리대도 한 줄을 차지하고 있었다. 손바닥으로 속옷을 훑었다. 검은색이나 회색 혹은 연주황에 가까운 색깔의 속옷은 보드랍고 매끈한 감촉이었다. 검은색 브래지어를 꺼내서 가슴에 두르고 호크까지 채웠다. 가슴 부분이 남아돌았다. 엄마의 벗은 몸이 기억나지 않았다. 내 기억보다 엄마 몸이 풍만했을지도 모르겠다.

옷장 안쪽에 붙은 거울로 나를 보았다. 작은 아이가 흰색 티셔츠 위에 검은색 브래지어를 두른 채 쳐다보고 있었다. 갑자기 나의 작은 가슴이 부끄러웠다. 언제나, 언제나 그랬다. 작은 키가 부끄러웠고 작은 몸이 부끄러웠다. 언제부턴가 나는 자라지 않았다.

방학이 되자 유라와 유라 친구들은 우리 집에 있는 시간이 길어졌다. 하루에 한 번 찾아오는 간병인 아줌마가 가고 나자 유라가 어쩐 일로 엄마가 누워 있는 방에 들어왔다.

"너도 무지 짜증 나겠다. 나 같으면 돌아 버렸을 거야."

유라는 침대 발치에 서서 엄마를 내려다봤다. 나도 엄마를 바라봤다.

엄마는 내가 입던 흰색 티셔츠를 입고 있었다. 목은 늘어났고 가슴에 'REVOLUTION'이라는 글자가 바래 'R' 자가 거의 다 지워져 있었다. 이제는 너무 말라서 내가 입다 버린 옷들이 작지 않았다. 엄마는 지워진 'R' 자 덕분에 진화(evolution)되고 있는 건 아닐까, 엄마가 진화한다면 무슨 혁명이 벌어질까, 이런 쓸데없는 생각을 했다.

"4년이라고 했나? 5년? 차라리 병원으로 옮기지 그러냐? 요양원인가? 우리 할머니도 너희 엄마랑 비슷하거든. 아니다, 우리 할머니는 눈은 감고 자지. 하여간 너희 집 잘살잖아. 돈이 없어서 이러고 있는 건 아닐 테고……."

유라는 계속해서 혼자 떠들었다.

"너희 아빠는 뭐래? 상관없대? 너희 엄마가 창피한가? 어쩌다 이렇게 됐다고 했지? 원래 아팠다고 했나?"

"소변 봉투 갈아야 해. 나가 줄래?"

내 말투가 불쾌했는지 유라가 얼굴을 찡그렸다. 뭐라고 대꾸하려다 말고 서둘러 안방을 빠져나갔다. 다행히 유라는 넘지 말아야 하는 선은 지켜 주었다. 유라 때문인지는 몰라도 유라 친구들도 엄마가 누워 있는 방에는 잘 들어오지 않았다. 눈을 감고 있는 식물인간을 기대했다가 빠끔히 눈을 뜨고 있는 엄마 얼굴을 본 이

후에 더더욱 그랬다.

유라 친구2한테 따귀를 맞았다. 오른쪽 뺨이 시큰했다. 유라 친구2는 왼손잡이였다. 왼손잡이가 따귀를 때리면 오른쪽 뺨이 아프다는 걸 그제야 알았다. 돈을 마련하지 못해서였다. 적어도 유라와 유라 친구들은 이유 없이 때리진 않았다.

그날 밤 서랍에 있는 화장품으로 화장을 했다. 주홍색 블러셔로 정성껏 볼 터치까지 했다. 시큰거리던 볼은 발갛게 물들었다. 한창 뜨는 과즙 메이크업이었다.

주말 특강을 듣고, 영화를 한 편 보고 집에 들어왔다. 주말만큼은 유라와 유라 친구들이 집에 오지 않는 날이었다. 영화는 지루했다. 사랑하는 사람과 헤어지는 내용의 영화였다. 아파서 죽었는지 사고로 죽었는지 사랑하는 사람과의 이별은 늘 그런 식이었다. 보는 내내 등장인물이 울어서 짜증이 났다.

집에 오니 질질 짜는 사람이 또 있었다. 오랜만에 온 고모였다.

"어떻게 이럴 수가 있니? 아빠가 불쌍하지도 않아?"

신발도 벗지 않았는데 고모의 인사가 먼저 반겼다. 거실 한가운데 고모가 눈물을 찍어 댄 휴지 뭉텅이 사이로 화장품이 보였다. 분홍색 워터 캔디 틴트와 복숭아 과즙 블러셔와 연두색 미네랄 파우더 통과 솔 같은 도구들이 널브러져 있었다.

"얼굴에 이런 거나 바르고 맨날 친구들 끌고 와서 무슨 짓을 하는지 고모가 모를 것 같니? 네 아빠 불쌍해서 아무 말 안 한 거야. 마누라라고 몇 년째 저러고 있지, 딸 하나 있는 게 이 모양이지. 네 아빠가 무슨 낙으로 살겠니?"

고모는 낮은 목소리로 말했다. 차라리 악다구니가 더 인간적이었다. 사이사이 질질 짜면서 휴지를 찍어 대는 것도 잊지 않았다. 아빠는 죄지은 사람처럼 고모 앞에 고개를 숙이고 앉아 있었다. 나는 아빠가 고개를 들고 내 얼굴을 바라보길 원했지만 한번도 고개를 들지 않았다. 다만 얼굴을 묻고 있는 어깨가 몹시 고단해 보일 뿐이었다.

고모는 한참을 혼자서 떠들고 울고, 또 울고 떠들다가 일어섰다. 아빠는 하얀 봉투를 들고 사라진 고모를 쫓아 나갔다. 식탁에는 몇 달 만에 가져온 반찬 통이 덩그러니 놓여 있었다.

잠시 뒤 돌아온 아빠가 신발장에서 망치 하나를 꺼내 들었다. 분홍색 워터 캔디 틴트가 깨졌다. 분홍색 액체는 걸쭉한 피를 흘렸다. 복숭아 과즙 블러셔는 가루가 흩어져 뽀얀 먼지처럼 공기 사이로 퍼져 나갔다. 연두색 미네랄 파우더 통은 너무 쉽게 깨지는 바람에 잠시 놀랐지만 곧 내용물이 산산이 부서지는 걸 덤덤히 바라볼 수밖에 없었다. 그밖에 알 수 없는 사각과 하트 모양의 케이스들이 깨지고 그 안의 내용물은 어김없이 가루가 되거나 액체가 되어 흘러나왔다. 솔은 부러지고 나무 손잡이가 으깨졌다. 그렇게 유라와 유라 친구들의 화장품은 소멸해 갔다.

깨진 화장품을 정리하고 그나마 건진 화장품을 챙겨 방으로 들어왔다. 반으로 쪼개진 파우더 뚜껑에 블러셔 조각과 붉은 틴트를 조심스럽게 담았다. 파우더 가루가 조금 묻었지만 그런대로 쓸 만한 양이었다. 입술에 빨간 틴트를 바르고 복숭앗빛이 도는 블러셔를 눈과 볼에 발랐다.

거울에 또 다른 내가 보였다. 어찌 보면 화가 난 것 같기도 하고 어찌 보면 나이가 많은 여자처럼 보였다. 유라와 유라 친구들이 화장했을 때 느껴졌던 발랄함은 보이지 않았다.

아빠는 서재 방에 콕 박혀서 나오지 않았다. 엄마가 누워 있는 안방으로 들어갔다. 가지고 들어간 화장품을 엄마 얼굴에도 발라주었다. 조금도 움직이지 않는 눈두덩이 위에는 보라색 아이섀도를, 꼭 다문 입술에는 분홍색 워터 캔디 틴트를, 창백한 뺨에는 복숭앗빛 블러셔를 발랐지만 무엇 하나 엄마가 살아 있다는 징조는 아니었다. 화장을 한 채 자는 엄마는 오히려 불편해 보였다. 나도 엄마의 잠이 불편했다.

"엄마…… 졸려?"

그래도 묻고 싶었다.

진짜 자는 건지도 모른다. 오랜 시간 엄마는 피곤했고 힘들었고 귀찮았을지도 모른다. 그래서 이런 선택을 한 건지도 모르겠다. 한 번쯤은 죽음과도 같은 잠을 자고 싶지 않을까? 영원히 깨고 싶지 않은 그런 잠이라면 엄마의 잠은 달콤할 것이다.

가끔 엄마의 물건을 만지다 누워 있는 엄마를 돌아보곤 했다. 뒤돌아보면 날 쳐다보고 있을 것만 같았다. 엄마 눈과 마주친다면 난 어떻게 해야 할까? 미안해, 라고 말하고 웃어 줘야지. '미안해'라는 말과 웃는 행동이 맞는 건지 모르겠지만 그래야 할 것 같았다. 하지만 몇 번이고, 몇 번이고 뒤돌아봐도 엄마는 자고 있을 뿐이었다.

"……차라리…… 죽어 버려……."

소변 줄을 확인하고는 안방에서 나왔다.

밤 12시, 도시는 막 깨어난 것처럼 펄떡거렸다. 어딘가에서 쏜

빔이 거리에 꽃 같은 무늬를 찍어 댔다. 웅웅거리는 음악 소리와 함께 무늬들이 춤을 추듯 움직였다. 사람들이 어깨를 스치며 지나갔고 모두가 모르는 얼굴을 하고 있었다. 남자도 여자도 모두가 화장을 한 채였다. 입술은 붉었고, 눈썹은 까맸다. 눈가에는 보라색, 분홍색 아이섀도를 칠했고, 그 속의 눈동자는 감추어져 있었다. 나도 그들과 같은 얼굴로 거리를 걸었다. 아무도 나를 알지 못했다. 나도 그들을 알지 못했다.

"나랑 노래방 갈래?"

나와 닮은 아이가 있었다. 이 거리에서 교복을 입고 있는 아이는 어깨에 가방을 걸친 채였다. 가방은 자꾸만 어깨에서 미끄러지고 초록색 넥타이가 재킷 주머니에서 손바닥만큼 나와 있었다. 엄마가 목에 건 아빠의 넥타이도 초록색이었다.

그날, 엄마의 목에 걸려 있는 넥타이를 보고는 터무니없게도 초록색 혓바닥이 떠올랐다. 수박 맛 아이스크림을 먹고 나면 혓바닥은 한동안 초록색이었다.

"노래방 갈래?"

아이는 내가 같은 질문을 다시 하자 주위를 둘러보았다. 사방을 두리번거리다 나와 눈이 마주치자 내게 물었다.

“나한테 한 말이야?”

“응.”

“왜?”

“왜냐고? 대개는 이런 경우 ‘응’ 아니면 ‘싫어’로 대답해.”

“어째서?”

“정글에서는 그게 중요하거든.”

“정글?”

아이는 아기 같은 얼굴로 물었다.

“그렇지. 정글에서 안 먹히려면 그런 대답이 필요해. 분명한 대답이 그나마 살아남을 수 있는 방법이지.”

“…… 그럼 가자.”

아이는 한참을 망설이다가 앞서 걸었다.

교복이 익숙했다. 생각해 보니 우리 학교에서 두 정거장 떨어진 곳에 있는 과학고 교복이었다. 전교생이 기숙사 생활을 하는 걸로 알고 있는데 이 밤에 야반도주라도 한 모양이었다.

길바닥에 빔을 쏘던 곳이 노래방이었다. 노래방으로 올라가는 계단에도 꽃무늬는 어김없이 춤을 추었다. 어떤 꽃이 이처럼 화려하게 떨어질까. 엄마와 함께 갔던 윤중로의 벚꽃이 생각났다.

비가 오던 날이었다. 비가 그치기 전에 벚꽃을 봐야 한다고 엄마가 말했다. 우리는 편의점에서 산 비닐우산을 들고 서둘러 택시를 탔다. 영어 학원에 등록하고 나서였다. 비는 갑자기 내렸고, 저녁이 시작되는 시간이었다. 윤중로의 벚꽃은 정말이지 떨어지고 있었다. 비를 맞은 벚꽃이 추적추적 떨어지며 바닥에 낙인찍듯 달라붙었다. 투명한 우산 지붕에 점점이 붙은 벚꽃잎은 더는 꽃이 아닌 것 같았다.

"학원에 다니고 싶지 않은 거지?"

"……."

"그래서 테스트를 엉망으로 본 거잖아."

사람들 신발에 짓이겨진 벚꽃을 바라보며 엄마가 말했다. 나는 아무 대답도 하지 않았다.

"아빠 때문이라면 엄마가 말해 볼게……."

엄마는 내 답을 기다리지 않았다. 엄마도 나도 어색했다. 어색함이 불편했다.

우리는 언제나 그랬다. 엄마의 우울증이 이렇게 만든 건지 아빠의 조급함이 그렇게 만든 건지 잘 모르겠다. 엄마는 종종 말을 하지 않았다. 하루나 이틀, 길게는 일주일이 걸렸다. 그럴 때마다 나는 모든 걸 조심했다. 그것이 내 탓이라고 생각할 때도 있었다. 아빠 탓이라고 생각할 때도 있었다. 그러니까 모두의 탓이었을지도 모르겠다. 나는 엄마의 침묵에 익숙해졌지만 아빠는 견디지 못했다. 짜증이 폭언이 되었고 크고 작은 충돌이 생겨났다. 고요함은 모두를 불편하게 했다. 그래서 엄마는 영원히 고요해지기로 한 걸까? 영원히 우리를 불편하게 하려고?

그날, 우리는 꽤 긴 거리를 걸었고 비만 거세게 내리지 않았다면 더 걸었을 거다. 잊고 있었다. 잊으면 안 되는 걸 잊었다.

6번 방은 한쪽 벽면이 모두 창으로 되어 있었다. 대로변이 훤히 보였다. 대로변에서 올려다보면 티브이를 보듯 노래방 안을 볼 수 있는 구조였다. 몇 번 방인가 창을 무대 삼아서 춤을 추고 있는 사람이 있는 듯했다. 지나가던 사람들이 발을 멈추고 노래방을 올려다보고 있었다. 간혹 손뼉을 치기도 하고 따라서 춤을 추는 무리도 있었다.

나는 요즘 유행하는 노래를 알지 못했다. 엄마가 잠들기 전에 유행했던 노래들, 그러니까 다비치의 거북이라는 노래가 유행했고, 에이핑크, 에일리가 한창 뜰 때로 기억은 멈춰 있었다. 엑소의 으르렁 같은 노래는 모든 아이가 으르렁거리며 돌아다닐 정도로 인기가 있었다는 것도 떠올랐다.

하지만 내가 따라 부를 수 있는 노래는 많지 않았다. 두 곡을 연이어 부르자 더 부를 노래가 생각나지 않았다. 아이는 노래방 책을 보면서 몸을 앞뒤로 흔들고 있었다. 보고 있는 건지, 자는 건지 알 수 없었지만 상관없었다. 나는 아무 단추나 눌러 음악이 끝나지 않도록 했다.

나는 우두커니 서서 창밖을 내려다봤다. 사람들 머리가 떨어진 벚꽃처럼 보였다.

"오늘 죽으려다 말았어."

뒤에서 녀석이 중얼거렸다. 뒤돌아보니 내게 하는 말인지 자신에게 하는 말인지 헷갈렸다.

"안 죽었네."

"이럴 땐 '왜'라고 묻는 거야."

녀석은 제법 대화의 기술을 알고 있었다. 그것은 정글에서도 살아남을 수 있다는 증거다. 적어도 녀석은 오늘 죽지 않을 터였다. 내가 아무런 말도 하지 않자 녀석이 이어서 물었다.

"왜 아이들은 옥상에서 떨어지는 걸까?"

"옥상?"

“아는 녀석이 옥상에서 멋지게 떨어졌지.”

며칠 전 그 과학고 옥상에서 누군가 뛰어내렸다던 뉴스가 떠올랐다. 그 아이 때문에 우리 학교까지 시끄러웠다. 며칠 동안 방송국 차가 오갔고, 갑자기 학교에서는 우울증 진단 설문지를 돌리기도 했다. 가장 피곤해진 건 나였다. 상담 선생님의 1순위가 나라서 그렇다.

왜냐고? 사람들은 우울증이 바이러스처럼 쉽게 전염이 된다고 믿는다. 우울증으로 자살을 기도한 엄마가 있다면 아이에게도 우울증 진단을 내리곤 한다. 같은 공간에서 같이 숨을 쉬었다는 이유로.

“아…… 그 애……. 아는 애였구나.”

“왜 옥상에서 떨어지려고 했을까?”

“자살에도 여러 가지 유형이 있대. 목을 매거나 약을 먹는 사람들은 자살에 대한 의지가 강한 거래. 죽음을 선택한 자신을 들키고 싶지 않은 거지. 그런데 투신의 경우는 좀 달라. 누군가 볼 수도 있는 공간을 선택한 거잖아. 높은 곳에 올라갔다는 건 누구든 자기를 발견해 주길 바라는 거야. 그러니까 투신하는 사람은 그 전에 누군가에게 구조 신호를 보냈을지도 몰라. 그 누군가가 알지 못했을 뿐이지."

엄마의 선택은 내게 많은 걸 알려 주었다. 살아간다는 건 죽음과 무관하지 않다는 걸 포함해서.

"그 누군가가 나라는 거네……."

"……노래 부를래?"

녀석이 고개를 저었다. 조용한 게 싫어서 나는 아무 번호나 찍은 다음 시작 버튼을 눌렀다. 웬 트로트 전주가 흘러나왔다.

"무서워……."

"뭐라고?"

음악 소리에 말소리가 묻혔다.

"무섭다고."

큰 소리로 내가 물었다.

"뭐가?"

"전부 다……."

"……."

우리는 한동안 아무 말도 하지 않았다.

트로트는 꽤 시끄러웠다. 창가로 다가가 머리를 대고 아래를 내려다봤다. 이마가 서늘했다.

자정을 넘은 시간인데도 거리에는 사람이 더 많아진 것 같았다. 누군가가 나를 빤히 올려다보고 있었다. 유라였다. 유라 옆에는 친구 1과 2가 있었다. 친구 1과 2가 유라의 시선을 따라 위를 바라보았지만 나를 찾아내지 못했다. 친구 1과 2가 유라에게 무엇인가를 말했고 유라는 내가 있다는 걸 말하지 않은 것 같았다. 모두가 분주한데 우리만 정지된 화면 같았다. 우리는 서로를 바라본 채 움직이지 않았다. 1분, 2분……. 꽤 긴 시간처럼 느껴졌다. 유라가 서서히 걷기 시작했다. 유라 친구 1과 2도 걸었다. 유라가 걸음을 멈추자 1과 2도 멈춰 섰다. 유라가 뒤돌아 나를 다시 볼까 봐 숨을 죽였다. 하지만 유라는 고개를 돌려 나를 올려다보지 않았다.

유라는 가끔 멍이 들었다. 멍이 든 걸 감추려고 화장하는 아이였다. 나를 바라보는 유일한 아이, 나를 궁금해하는 유일한 아이, 가끔은 유라 때문에 외롭지 않았다. 물론 그래서 더 외로운 날도 있었다. 외롭지 않은 날들 때문에 더 외로운 날을 견딜 수 있었다. 그 아이가 사람들 사이로 사라져 갔다.

트로트는 끝난 지 오래였고 우리 방은 조용했다. 나는 다른 방에서 흘러나오는 노래를 흥얼흥얼 따라 불렀다. 고요함이 지겨워지는 밤이었다.

녀석은 노래방에서 노래를 한 곡도 부르지 않았다. 노래방 책을 무릎에 올려놓고 꼼꼼하게 보고 있지만 녀석이 찾는 것은 그곳에 없는 듯했다. 그렇게 책을 보다가도 뜬금없이 묻기도 하고 묻지 않은 말에 대답하기도 했다. 혀가 가장 긴 동물이 무엇인지를 묻는가 하면 UFC에서는 더 이상 헤드록 따윈 먹히지 않는 기술이라는 말도 했다. 그러다 내가 그랬던 것처럼 다른 방에서 들려오는 노래를 작게 따라 부르기도 했지만 정작 들려오는 소리는 중얼거림에 가까웠다.

녀석은 노래방에 들어온 이후 한 번도 의자에서 일어나지 않았고 등받이에 등을 기대지도 않았다. 가장 적극적으로 한 행동은 노래방을 나가기 전 초록색 넥타이를 꺼내서 정성껏 맨 거였다. 마치 정글에서 살아남으려면 반드시 해야 하는 행동인 것처럼.

"집에 갈 거니?"

노래방을 나오자 녀석이 물었다.

"왜?"

"집에 가. 정글은 무서운 곳이야."

"너한테?"

"응, 나한테도 너한테도."

"하지만 살아남을 만큼 우리는 나이를 먹었잖아."

"그렇지 않아. 그걸로는 부족해. 여전히 불쑥불쑥 헤드록을 걸거든."

"누가?"

"혀가 긴 개미핥기가. 그 혀는 엄청나게 길어."

녀석은 잔뜩 어깨를 움츠렸다. 어깨에서 가방이 또 흘러내렸다.

"야!"

녀석이 나를 쳐다봤다. 초록색 혓바닥도 나를 보고 있었다.

"네 잘못이 아니야."

"응?"

"너 때문에 그 애가 죽은 건 아니라고."

녀석의 표정은 해석하기가 힘들었다. 입이 반쯤 벌어진 채 멍한 얼굴이었다. 그 순간 엄마 얼굴이 떠올랐다.

누구든 말해 주길 바랐다. 엄마의 선택이 나 때문이 아니라고, 누구든 말해 주길 바랐다. 하지만 아무도 나를 보고 있지 않았고, 아무도 내게 그런 말을 해 주지 않았다.

밤 외출을 마치고 집에 왔을 때 아빠는 깨어 있었다. 안방에서 말소리가 들려왔다. 얼마 만에 아빠가 저곳에 들어갔는지 헤아리기가 어려울 지경이었다. 안방 문은 한 뼘 정도 열려 있었고 난 그 앞에 섰다.

아빠는 엄마가 누워 있는 침대 머리맡에 앉아 있었다. 아빠는 머리를 숙인 채 끊임없이 몸을 앞뒤로 흔들었다.

아빠는 언젠가 있었던 일에 대해서 따지고 있었다. 듣다 보니 그리 중요한 일도 아닌 것 같았다. 어느 날의 날씨 이야기였다. 비가 온 게 아니라 눈이 왔다고 아빠가 말했다. 그날 엄마가 웃었다고 했다. 소리 내서 웃었다며 아마도 눈 때문이었을 거라고 말했다. 엄마는 눈이 아니라 비가 오던 날이었고 자신은 웃지 않았다고 한 모양이었다.

아빠에게 특별한 날이었을지도 모르겠다. 흩어지며 내리는 눈을 꽃처럼 기억하는 날, 자기를 바라보며 환하게 웃어 주는 소리를 봄처럼 느꼈을 누군가의 기억은 정확하지 않을 수도 있다. 내게도 그런 날은 있었지만 늘 확신할 수 없었고 덧붙여진 이야기처럼 가짜가 되곤 했다.

그리고 아빠 말소리가 잦아들었다. 조용히 내 방으로 돌아가려고 할 때였다.

"뭐 때문에 눈을 부릅뜨고 있냐? 힘들지도 않아? 제발…… 눈 좀 감아라. 제발 눈 좀 감아 줘……."

아빠가 흐느꼈다. 엄마를 앞에 두고 우는 아빠를 난 이해할 수 있었다.

딱 한 번, 엄마의 눈을 억지로 감긴 적이 있다. 내 손바닥이 긴 혀가 되어 엄마 눈을 쓸어내렸다. 그 혀로 빠끔히 뜨고 있는 눈을 삼켜 버리고 싶었다. 손바닥을 치우자 엄마는 다시 눈을 떴다. 몇 번이나 마찬가지였다. 눈꺼풀은 자동으로 올라갔다. 한번도 감긴 적이 없는 것 같았다. 마침내 나는 두 손으로 엄마의 눈을 내리눌렀다. 한참을, 한참을.

손안에 미세한 진동과 온기가 느껴졌다. 조심스럽게 손을 떼자 엄마는 울고 있었다. 엄마 눈가에 눈물이 번져 있었다. 나도 모르게 한 걸음 물러섰다. 손이 부들부들 떨렸다. 떨림이 전염되듯 온몸으로 퍼져 나갔다.

아빠는 눈을 감겨 줄 혓바닥 대신 무심한 손을 들어 엄마의 얼굴을 감싸 안았다. 아빠 등이 울고 있다.

엄마가 눈을 감았다.

천오백이 일 하고 열세 시간 동안 떠 있던 눈을 감은 것이다. 얼마나 지루했을까? 긴 잠은, 자는 이에게도 자고 있지 않은 이에게도 지루하고 힘든 일이었다.

엄마가 목에 넥타이를 걸기 며칠 전, 조그만 주머니 하나를 내게 내밀었다. 주머니에는 핑크색 생리대가 있었다.

"우리 엄마는, 그러니까 네 할머니는 생리를 꼭 월경이라고 말했어. 난 그 말이 창피했어."

"왜 창피해? 월경, 예쁜 말인데."

"그래? 달이 차면 월경을 할 거라고 할머니는 말했지. 달이 차고 나면 비우듯 내 몸도 채우고 나서야 비울 수 있다고 했어. 마치 자궁 안을 비우듯 피를 쏟을 거라고 말이야."

"그래서 월경이야?"

"할머니 해석인 거지. 너도 곧 이게 필요할 거야. 달이 찰 테니까."

결국 엄마는 달이 찰 때까지 기다리지 못했다.

달은 내게 오지 않았다. 더는 나도 달을 기다리지 않는다.

엄마가 병원으로 옮겨지고 아빠와 고모도 집을 나섰다. 책상 앞 의자에는 까만색 한복이 걸쳐져 있었다. 갈아입고 늦지 않게 병원으로 오라는 고모의 당부가 있었지만 깜박 잠이 들었다.

"자는 거야? 지금은 울어야 할 때야."

"……울고 싶지 않아."

달의 말에 간신히 대답했다.

"서둘러. 고모가 신신당부했잖아."

"알아. 그런데 하필이면 왜 지금 온 거야?"

"날 기다린 거야?"

"아니."

"기다렸잖아. 아이 같은 얼굴로 날 바라봤잖아."

엄마에게 시간이 멈춘 것처럼 내게도 시간은 멈춰 있었다. 달이 영원히 오지 않을까 봐 두려웠다.

"엄마가 죽어서 온 거야?"

그래서 물었다.

"이제야 달이 찼거든. 좀 늦었지만 너를 잊지 않고 있었어."

"아니, 모두가 나를 잊고 있었어."

"……."

달이 한숨을 폭 내쉬더니 창밖을 바라보며 말했다.

"이제는 네가 찾지 않아도 올 거야. 그러니까 안심해."

"……."

이번에는 내가 아무 말도 하지 않았다.

"또 올게."

"언제?"

"곧."

달은 그렇게 한참을 누워 있다 돌아갔다.

달이 누웠다 간 자리에 선홍색 자국이 선명했다.

천오백이 일 열세 시간 동안 난 키가 3센티 자랐다. 가슴에 작은 멍울이 만져지고 엉덩이도 조금 커졌다. 긴 머리는 짧게 잘랐고 볼 옆에 있던 작은 점이 커져서 자세히 보지 않아도 보였다. 친구들이 나를 떠났고 유라와 유라 친구들이 나를 찾아왔다. 평일에는 수업이 끝나자마자 집에 돌아왔고 주말에는 세 개의 특강을 들었다. 편의점 도시락 신상품이 들어오면 단번에 알 수 있었고, 맥도날드 알바가 바뀌면 맛이 달라진다는 것도 알게 되었다. 팬티를 아동복 코너에서 사지 않아도 살 수 있는 방법을 알게 되었다. 눈을 뜨고 있는 엄마는 그런 나를 보지 못했다. 눈을 감고 자는 아빠도 나를 보려고 하지 않았다.

열일곱.

그래도 나는 자라고 있었다. 멈춰 있는 것처럼 느껴졌지만 천오백이 일 열세 시간 동안 매일 조금씩 자라고 있었다. 그런 나를 지켜보기만 하는 달을 원망했다.

달이 가고 난 자리를 바라보며 나는 처음으로 소리 내어 울었다. 선홍색 자국이 눈물 속으로 점점이 번져 갔다.

작가의 말

고백하자면, 중3이 되어서야 생리를 시작했다.

그땐 생리를 하면 비밀처럼 친구에게 고백하던 시절이었다. 고백할 게 없었던 나는 꽤 오랫동안 생리를 기다렸다. 생리를 해야만 진짜 여자가 될 거라는 막연한 불안감이 있었던 모양이다.

나는 생리처럼 모든 것이 더딘 아이였다. 한글도 더디게 배웠고, 구구단도 자매 중에서 가장 늦게 외웠다. 심지어 첫 연애편지도 중학교에 들어가서 받았는데 여중에 다니다 보니 건너 건너 전달받았다. 초등학교 6학년 때 같은 반 남자아이였는데 고작 반 학기만 다닌 학교였기에 그 친구 얼굴이 기억나지 않아서 졸업 앨범을 뒤져 봐야 했다.

여중과 여고를 다니는 동안 한번도 머리를 길러 본 적이 없었고 늘 과하게 짧은 머리였다. 누군가로부터 고백을 받았다면 같은 학교에 다니는 선배 동기 후배들로부터였다. 가끔 내 정체성에 의구심이 들기도 했다.

이 소설집에 있는 이야기에는 10대였던 나의 조각들이 숨겨져 있다. 큰 키나 날씬한 허벅지 같은 외모에 대한 열망, 잠과 생리같이 내 마음대로 통제할 수 없는 몸에 대한 당혹감, 혹은 누군가의 건강한 몸을 보고 경외했던 감정들 말이다. 그러한 감정들이 차곡차곡 쌓이면서 내가 자랐다는 걸 지금에서야 고백한다.

이 책을 읽는 누군가도 지금의 감정, 갈등, 고백 혹은 열망이 처음이겠지만 나도 처음이었다는 걸, 그래서 더 아프게 지나왔다는 걸 담담하게 이야기하고 싶었다.

2020년 봄

윤해연

낮은산 키큰나무 19
우리는 자라고 있다

2020년 4월 20일 처음 찍음 | 2020년 11월 25일 두 번 찍음

지은이 윤해연 | 펴낸곳 도서출판 낮은산 | 펴낸이 정광호 | 편집 조진령 | 디자인 소요 이경란 | 제작 정호영
출판 등록 2000년 7월 19일 제10-2015호 | 주소 04048 서울시 마포구 어울마당로5길 16 반석빌딩 3층
전화 02-335-7365(편집), 02-335-7362(영업) | 팩스 02-335-7380
홈페이지 www.littlemt.com | 이메일 littlemt2001ch@gmail.com | 트위터 @littlemt2001hr
제판·인쇄·제본 상지사P&B

ISBN 979-11-5525-133-1 43810

이 도서의 국립중앙도서관 출판예정도서목록(CIP)은 서지정보유통지원시스템 홈페이지(http://seoji.nl.go.kr)와
국가자료공동목록시스템(http://www.nl.go.kr/kolisnet)에서 이용하실 수 있습니다.(CIP2020011526)